Heidi Schilling

Unter dem Schirm

Verlag Bibellesebund
Winterthur / Marienheide

**Dieses Buch erhielt den ersten Preis
bei einem Autorenwettbewerb
des deutschsprachigen Bibellesebundes.**

ISBN 3-87982-593-9

1. Auflage 1982
2. Auflage 1983
3. Auflage 1984
4. Auflage 1985

© 1982 by Verlag Bibellesebund Winterthur
Alle Rechte vorbehalten

Umschlagfoto: Grasser/Mauritius/Bildagentur Baumann
Umschlaggestaltung: Martin Wassmer
Illustrationen: Heidi Roth-Kaspar
Druck: St.-Johannis-Druckerei C. Schweickhardt
7630 Lahr-Dinglingen

Inhalt

1. Im Wohnwagen 5
2. Das große Zelt 13
3. Unter dem Schirm 19
4. Robys Freunde 25
5. Der Schirmbildwagen 29
6. Ein langer Tag 35
7. Wie ein Roboter 43
8. Das Winterquartier 49
9. Robertos Sonnenschein verliert den Glanz 57
10. Die Vergeltung 63
11. Ein Gewitter naht 71
12. Der freie Nachmittag 77
13. Du mußt loslassen! 85
14. Nicos schwere Last 91
15. Die Abrechnung 93
16. Premiere 101

Robys Psalm 107
Lied zu Robys Psalm 109

1. Im Wohnwagen

Robys Vater war Clown. Ein lieber, kleiner Mann mit lustigen Augen. Seine Haare waren schon grau, aber die verschwanden im Zirkus immer unter einer struppigen, roten Perücke. Über seine feine, gerade Nase stülpte er das gräßliche, violette Ding – sein Markenzeichen: die Knollennase. Viele, viele Kinder und Erwachsene kannten ihn so und hatten ihn seiner Späße wegen lieb. Roby jedoch kannte ihn, wie er wirklich war, und liebte ihn mehr als alle anderen, denn er war ihr Vater.

Robys richtiger Name war eigentlich Graziella. Aber niemand nannte sie so. Weil ihr Vater aber der Clown *Roberto* war, wurde aus Graziella einfach *Roby*. Sie hatte braune Augen, dunkelbraunes, halblanges Haar und war fast zwölf Jahre alt.

Natürlich hatte sie auch einmal eine Mutter gehabt, aber das war schon lange her. Im Wohnwagen hing ein Bild von ihr. Darum wußte Roby, wie sie aussah. Ohne das Bild hätte sie sich kaum an Mutters Aussehen erinnern können.

Wohl gerade weil die Mutter fehlte, hingen Roby und Roberto sehr aneinander. Der Wohnwagen war ihr Heim. Darin fühlte sich Roby geborgen. Sie konnten nur wenig Zeit darin zusammen verbringen. Sie lachten oft zusammen. Kein Wunder, es war ja Robertos Beruf, sich lustige Sachen einfallen zu lassen.

Roby half ihm dabei. Seit einiger Zeit traten sie gemeinsam auf. War das ein Vergnügen! Auch Roby mußte sich vorher gänzlich verwandeln lassen. Ein langer, falscher Zopf wurde ihr angesteckt. Sie bekam eine rote Nase, weiße Ohren, dazu Augenbrauen, die spitz nach oben zeigten. In Pluderhosen, die hinten seltsam aufgebläht waren, mit

Ringelsocken, einem runden Hütchen und einer Jacke mit riesengroßen Taschen verließ sie dann den Garderobewagen. Wer sie sah, mußte schon bei ihrem Anblick lachen. Roberto latschte bei ihrem Auftritt zuerst mit seinen viel zu großen Schuhen durch die Manege. Roby schlich auf leisen Sohlen hinter ihm her und trat dann auf Vaters Schuhe, daß er hinfiel. Wütend rappelte Roberto sich auf und packte ihren Zopf. Sein verdutztes Gesicht war furchtbar komisch anzusehen, wenn er den Zopf in den Händen hielt, während Roby davonrannte und ihm eine lange Nase machte. Er begann ihr nachzujagen. Bekam er sie endlich zu fassen, legte er sie übers Knie. Jedoch schon beim ersten Schlag platzte der Ballon, der in Robys Hose steckte. Neue Blamage für Roberto! Jetzt kreischte das Publikum vor Vergnügen. Roby hatte sich inzwischen steif gemacht wie ein Brett. Ihr Vater versuchte sie aufzustellen, aber sie fiel immer wieder wie ein Holzklotz um. Kein Puffen, kein Kneifen nützte etwas. Dann hob er sie hoch über seinen Kopf und begann, sie zu schütteln. Armer Roberto! Es sah nun aus wie bei Frau Holle. Weiße Flocken fielen aus Robys Taschen und legten sich auf ihren Vater. Er sah aus wie ein mit Puderzucker bestäubter Kuchen!

Wie ein Hund begann er sich zu schütteln, packte dann die immer noch steife Roby am Kragen, trug sie davon und ließ sie abseits liegen. Dann nahm er seinen Rundgang wieder auf. Kaum hatte er ihr aber den Rücken gekehrt, kam Leben in den kleinen Kobold. Sie machte sich von neuem hinter ihm her, trat ihm auf die Schuhe — und er fiel wieder hin. Das Zelt platzte fast vom Gelächter des Publikums. Ja, sie waren beliebt, Roby und Roberto, besonders bei den Kindern.

Solche und andere Späße dachten sich die beiden aus, wenn sie im Wohnwagen beisammen waren. Immer wieder

fiel ihnen etwas Neues ein. Wer draußen vorbeiging, konnte sie drinnen oft lachen hören. Wie gesagt, sie hatten es richtig schön in ihrem Wohnwagen.

Natürlich mußte Roby auch putzen und Geschirr spülen. Hin und wieder versuchte sie auch zu kochen, aber meistens tat das ihr Vater. Am Abend aßen sie oft in der Kantine. Nur mit dem Stopfen und Flicken klappte es überhaupt nicht. Roby hatte zwar versucht, die Löcher in Vaters Socken zusammenzuziehen. Das Resultat hatte ihn aber gar nicht befriedigt, und die Socken landeten schließlich im Abfalleimer.

Im Wohnwagen wurde nicht nur gelacht, gegessen und gearbeitet, sondern auch geschlafen. Ihre Betten waren nicht nebeneinander, nein: übereinander wie Schiffskojen. Das untere gehörte Vater, das obere Roby. Die Betten füllten den hintersten Teil des Raumes. Weiter vorn gab es einen Tisch, eine Bank, zwei Stühle, einen Wandschrank und Regale. Die Kücheneinrichtung befand sich im vorderen Teil des Wagens, gerade beim Eingang. Ein bunter Vorhang trennte sie vom Wohnraum.

Manchmal war es so still im Wohnwagen, daß man niemanden darin vermutet hätte. Und doch waren die beiden da und verbrachten gerade die glücklichste Zeit des Tages. Sie hatten dafür sogar einen besonderen Namen: »Schatzgräberstündchen« nannte Roberto diese Augenblicke. Es gab sie nicht jeden Tag, vor allem nicht an den Reisetagen. Aber wann immer sie möglich wurden, waren sie ihnen sehr kostbar, und die Schätze, die sie dabei entdeckten, auch.

Sie begannen immer auf die gleiche Art. Roberto kam herein und legte sich auf sein Bett. Dann nahm Roby aus der Tischschublade zwei kleine Büchlein, ein rotes und ein blaues, und ließ sich damit neben Vater plumpsen. Sie hatten gut Platz nebeneinander. Roberto bekam das blaue, Roby das rote Büchlein.

Wieder einmal hatten sie sich so eingerichtet. Vater war schon ganz ins Lesen vertieft, während Roby immer noch unentschlossen im Buch herumblätterte. Doch plötzlich wurde sie ruhig. Sie schien irgendwo angebissen zu haben. Als sie dann doch wieder zu zappeln begann, fragte ihr Vater:

»Hast du etwas gefunden?«

»Ja, etwas Komisches! Ich spüre, daß ich auf einen großen Schatz gestoßen bin, aber ich kann ihn nicht ausheben. Du mußt mir dabei helfen!«

Damit reichte Roby ihrem Vater das Büchlein, ließ aber ihren Finger fest auf der Stelle, die sie ihm zeigen wollte. Er wehrte ab. »Lies du mir vor, es soll *dein* Schatz sein, *du* hast ihn selbst gefunden!«

Da begann sie:

»Wer unter dem Schirm des Höchsten sitzt und unter dem Schatten des Allmächtigen bleibt, der spricht zu dem Herrn: Meine Zuversicht, meine Burg, mein Gott, auf den ich hoffe. Denn er errettet dich vom Strick des Jägers und von der schädlichen Pestilenz.

Er wird dich mit seinen Fittichen decken, und deine Zuversicht wird sein unter seinen Flügeln.«

»Stop!« unterbrach sie jetzt Roberto. »Das genügt für heute. Sonst kannst du's nicht behalten, und das ist etwas, was du nie mehr verlieren darfst, hörst du!«

»Vater?«

»Ja?«

Roby richtete sich auf und wandte sich Roberto zu.

»Wo ist der Schirm des Höchsten und der Schatten des Allmächtigen?«

»Hörst du, wie es regnet, Roby?«

»Ja, natürlich kann ich das hören, warum?«

»Hast du nicht Angst, naß zu werden und dich zu erkälten?«

»Aber Vati, wie fragst du komisch«, entrüstete sich Roby, »der Wohnwagen ist doch dicht, ich kann gar nicht naß werden.«

»Gut, Roby. Siehst du, es könnte sein, daß du einmal durch etwas hindurchgehen müßtest, das dir sehr Angst macht. Dann mußt du daran denken: So dicht, wie dich der Wohnwagen jetzt vor dem Regen schützt, so dicht hält Gott seine Hand über dir, wie einen Schirm, damit dir das Böse nicht schaden kann.«

Roby lag da und lauschte dem Regen, der aufs Wagendach prasselte. Sie schloß die Augen und stellte sich vor, sie sitze unter den Händen Gottes, wie unter einem Schirm.

»Roby!« Vaters Stimme unterbrach ihre Gedanken.

»Roby, möchtest du dich nicht aufs obere Bett legen, es ist mehr Platz dort?«

Wollte Vater sie nicht bei sich haben? Aber nein, so etwas gab es doch nicht! Roby wehrte sich:

»O Vati, nein, bitte laß mich bei dir! Ich spüre dann viel besser, daß ich nicht allein bin. Weißt du, so nah bei dir fühle ich mich richtig daheim.«

»Siehst du, das bedeutet, im Schatten des allmächtigen Vaters zu sein. Er ist dir so nah, so nah wie ich jetzt bei dir bin. Man ist bei ihm ganz daheim, so daß man sagen kann: Du meine Burg, meine Zuversicht.«

Roby gab keine Antwort. Sie mußte die schönen Verse noch einmal lesen. Plötzlich gab sie einen Stoßseufzer von sich.

»Was ist?« fragte Roberto.

»Das ist ein großer Schatz, nicht wahr, so richtig schwer?« meinte Roby. Ihr Vater strich ihr lächelnd übers Haar.

Dann hielt er ihr seine Bibel vor die Nase und sagte: »Es gibt noch viel mehr Schätze darin. Je tiefer du danach gräbst, um so reicher wirst du. Wollen wir dafür danken?«

Schon hatte Roby die Hände gefaltet und begann: »Gott, ich danke dir für meine Bibel. O Gott, mein großer Vater, ich kann dich nicht sehen. Aber bleib bitte ganz nah bei mir und Vati, und halte deine Hände ganz dicht über uns.«

»Ja, unser Gott«, fuhr Roberto weiter, »wir danken dir, daß du unser Schutz bist. Danke, Vater, daß wir dich haben, du starker Gott, unsere Burg, unsere Zuversicht . . .«

Roby unterbrach ihn: »Wenn wir gleich nachher auftreten, laß deinen Schirm mit uns gehen. Bleib bitte so nah bei uns, daß wir in deinem Schatten sind. Amen.«

Roby sprang auf und wollte ihre Bibel versorgen. Jedoch ihr Vater hielt sie am Ärmel zurück. Eindringlich schaute er seine Tochter an und sagte:

»Versprich mir, daß du das nie mehr vergessen willst! Schau, wenn ich einmal nicht mehr bei dir sein kann, mußt du wissen, daß der Schirm des Höchsten über dir bleibt und daß du immer im Schatten des Allmächtigen sein kannst, wenn du willst.« Roby nickte.

Draußen pfiff jemand. Es war Nico, der Trapezkünstler, vom Nachbarwohnwagen.

»Ich komme!« gab Roberto Bescheid. Bevor er hinausging winkte er Roby zu. »Verspäte dich nicht!« mahnte er, dann schloß er die Türe hinter sich.

Roby ließ sich Zeit. Sie kramte einen Bleistift hervor und schrieb vorn in ihre Bibel: Psalm 91. Darunter machte sie einen dicken Strich und ließ dann Bleistift und Bibel in der Schublade verschwinden. Sie schlüpfte in ihre Jacke, schloß den Wohnwagen ab und ging zum Schminken in den Umkleidewagen. Es war höchste Zeit, sich für die Nachmittagsvorstellung bereitzumachen.

2. Das große Zelt

Durch die verschiedenen Eingänge strömten die Leute ins Zirkuszelt. Nachmittags waren es immer zum größten Teil Kinder.

Roby saß mit ihrer Freundin Carla, der Tochter des Jongleurs, auf einer Kiste hinter dem Artisteneingang. Sie war fertig geschminkt und verkleidet. Nur der Ballon fehlte noch, weil sie damit ja nicht sitzen konnte. Carla trug ein enganliegendes Glitzertricot und ein Silberkrönchen im Haar. Ihre Aufgabe war es, ihrem Vater graziös all die Dinge zuzuwerfen, die er bei der Vorstellung brauchte. Außerdem hatte sie die Zuschauer freundlich anzulachen. Das fiel ihr gar nicht schwer, denn Carla lachte meistens.

Roby war gerne mit ihr zusammen. An jedem neuen Spielort gingen sie miteinander auf Entdeckungsreisen. Sie wurden auch gemeinsam unterrichtet. Soeben begann die Kapelle den Eröffnungsmarsch zu spielen. Roby sprang von der Kiste. Von jetzt an mußte Roby mit dem Kopf bei der Sache sein. Lautes Lachen ertönte aus dem Innern des Zeltes. Daran konnte Roby merken, daß Roberto irgendwo aufgetaucht sein mußte. Er pflegte immer zu einem der Zuschauereingänge hereinzuschlurfen, da und dort stehenzubleiben und rechts und links Kußhändchen zu verteilen. Manchmal holte er auch einem Knaben die Kappe vom Kopf oder zwinkerte einem Mädchen zu, nahm gar einmal ein Kleines auf den Arm oder zupfte jemand am Ohr. Es war ein Fest für die Kinder, den Clown so hautnah zu erleben.

Rückwärtsgehend und ständig winkend erreichte er schließlich die Manege, worauf er über eine Kiste stolperte, die dort bereitstand. Das war natürlich geplant. Die Kiste

fiel um, und heraus sprangen drei kleine Äffchen, die sich schnurstracks auf Robertos Kopf und Schultern setzten. Aus seinem Kragen angelte sich jedes Äffchen ein Taschentuch und winkte nun seinerseits dem Publikum zu. Dann fingen sie an, Robertos Perücke nach Läusen zu durchsuchen.

Nun mußte Roby aufpassen. Gleich würden sie herauskommen. Da mußte sie bereitstehen und achtgeben, daß keines der Äffchen entwischte. Besonders Jonggi war ein kleiner Schlingel, der jede Gelegenheit benützte, um zu entwischen. Wenn ihm das tatsächlich gelang, war er nur sehr schwer wieder einzufangen. Darum hielt Roby für jedes Äffchen eine Banane bereit. So war es am einfachsten, sie ohne Zwischenfall in ihren Käfig zu bringen. Es gab immer etwas zu tun während der Vorstellung, und man durfte vor allem den eigenen Auftritt nicht verpassen. Vater mußte während Nicos Nummer den Ballon für Roby so prall wie möglich aufblasen und ihn an der richtigen Stelle befestigen. Nun hieß es vorsichtig sein, denn er durfte ja nicht vorzeitig platzen.

Nico sprang an Roby vorbei und hinein in die Manege. Die Kapelle empfing ihn mit einem Tusch, denn Nicos Trapeznummer war ein Glanzstück der Vorstellung. Robertos Auftritt mit Roby war die daraufffolgende Nummer. Dicht hinter dem Vorhang standen sie bereit.

Roby lauschte angespannt der Musik, die Nicos Vorführung begleitete: gerade spielte die Musik ganz leise. In diesem Moment konnte Roby nie anders, als verstohlen durch eine Öffnung des Vorhangs zu spähen. Sie sah zwar diese Nummer fast täglich, und doch wurde sie jedesmal neu von großer Spannung erfaßt.

Hoch oben unter der Kuppel schwang Nico hin und her. Er schwang und schwang. Nun ein Trommelwirbel – und jetzt...! Wie jedesmal ging auch heute ein Aufschrei durch das Publikum, und auch diesmal hatte Roby wieder unwillkürlich die Hände auf den Mund gepreßt. Nico hatte nämlich in einem ganz bestimmten Moment seinen Bügel losgelassen, war im freien Flug durch die Kuppel gesaust und hing schon im nächsten Augenblick kopfunter am gegenüber hängenden Trapez.

Dieses Kunststück ging immer so schnell vorbei, daß man kaum folgen konnte. Es dauerte nur einen Atemzug lang, aber Roby wußte, wie hart Nico für diese wenigen Sekunden trainierte, wie genau er arbeiten mußte.

An Nico war überhaupt alles hart, seine Muskeln, sein Gesicht, alles. Roby bewunderte ihn sehr, aber lieben konnte man ihn nicht so recht. Und doch hätte sie es eigentlich tun sollen. Nico war ihr Onkel, der jüngere Bruder ihrer Mutter. Bevor sie krank wurde, war Mutti seine Partnerin gewesen. Roby war recht nachdenklich gestimmt. Sie mußte Vati unbedingt etwas fragen.

Aber da stand er schon neben ihr und klopfte ihr auf die Schulter, bevor er hineintrottete. Ihr Auftritt! Keine Zeit für Fragen! War alles in Ordnung? Der Ballon am rechten Ort? Das weiße Zeug in ihren Taschen?

Alles klar! Roby huschte hinein und war sogleich ganz der pfiffige kleine Kobold. Bald brausten Lachstürme durch das große Zelt, und die beiden ernteten wie immer großen Applaus.

Zwischen Nachmittags- und Abendvorstellung blieb nie viel Zeit. Darum aßen Roby und Roberto meistens in der Kantine. Jonggi, Kenga und Mari, die drei Äffchen, mußten gefüttert werden. Roberto gab es ihnen abends immer selbst, damit sie ihm völlig vertrauten. Und dann ging es weiter mit der Arbeit, bis tief in die Nacht hinein.

Nach dem Abschminken zog sich Roby nur noch ihren

Trainingsanzug über, rannte zum Wohnwagen, und hopp, schon lag sie oben in ihrem Bett. Oft schlief sie schon, wenn Roberto später hereinkam.

War sie noch wach, fragte er meistens: »Hast du die Zähne geputzt, meine Dame?«

Manchmal kam nur noch ein unverständliches Knurren aus dem oberen Bett oder ein verdrießliches: »Laß mich doch, ich bin zu müde.«

Aber da war Roberto unerbittlich. »Raus mit dir, ich kann keine Partnerin mit schwarzen Zähnen gebrauchen!«

Es konnte vorkommen, daß er sie eigenhändig nochmals aus den Federn hob und Roby im Halbschlaf ihre Pflicht tun ließ. Sie hörte meistens nichts mehr von den wegfahrenden Autos und den lärmenden Menschen draußen. Sie konnte schlafen wie ein Murmeltier. Wie sollte sie auch nicht, war sie doch unter dem großen Schirm des Allerhöchsten.

3. Unter dem Schirm

Manchmal wurde der Zirkus in der gleichen Nacht noch abgebrochen. Wenn Roby am Morgen erwachte, waren sie oft schon an einem neuen Ort. Ihr machte das Rütteln der fahrenden Wagen nichts aus. An solchen Umzugstagen war kein Schulunterricht. Roby nutzte dann die Gelegenheit, um mit Carla etwas zu unternehmen. Die erste Vorstellung war ja erst am Abend.

Ihr Vater hatte jedoch beide Hände voll zu tun. Darum reichte die Zeit an diesen Tagen leider oft nicht mehr für ein Schatzgräberstündchen. So kam es, daß Roby ihre Fragen lange für sich behalten mußte.

Eines Tages hatten dann aber die rote und die blaue Bibel doch wieder Dienst. Roby hatte wieder den 91. Psalm aufgeschlagen. Zwei Verse konnte sie schon auswendig. Nun kaute sie eine Weile am dritten herum. Er schien ihr so komisch, so unverständlich zu sein. Da hieß es:»»Denn er errettet dich vom Strick des Jägers und von der schädlichen Pestilenz.«

Roby wartete, bis ihr Vater seine Bibel zuschlug. Er drehte sich ihr zu und fragte:»Verstehst du alles?«

»Nein, überhaupt nicht! Hör mal, was da steht: Er errettet dich vom Strick des Jägers und von der schädlichen Pestilenz. Weißt du, was das heißen soll?«

Robys Gesicht war ein Fragezeichen. Vater überlegte. »Das bedeutet«, fing er zu erklären an, »daß Gott uns rettet, wenn etwas oder jemand uns so plagt, daß wir Angst haben müssen wie ein gehetztes Reh vor dem Jäger.«

»Aha!« Roby begann zu verstehen. »Was bedeutet aber Pestilenz?«

»Pestilenz ist ein Wort für Krankheit. Gott kann auch retten, wenn man krank ist.«

Nun las Roby den Vers in ihren eigenen Worten: »Er errettet dich, wenn du geplagt wirst und Angst hast und wenn du krank bist.« Eine Weile blieb Roby still und dachte nach, dann stieß sie plötzlich hervor: »O Vati, das ist ja gar nicht wahr! Und — und wenn das nicht wahr ist«, fügte sie leise hinzu, »dann ist wohl auch das erste, vom Schirm und Schatten nicht so sicher!«

Erstaunt gab Roberto zurück: »Nanu, Fräulein Allwissend, dann sag mir mal, warum das nicht wahr sein soll!«

Roby war nicht zum Spaßen aufgelegt. Ernst sah sie ihren Vater an und fragte: »Hat Mutti nicht auch an Gott geglaubt?«

»Doch, das hat sie.« Roberto sagte es ganz überzeugt.

»War er dann nicht auch ihr Vater?«

»Natürlich war er ihr Vater und ist es immer noch.«

Roberto fing an zu merken, worauf sie hinauswollte.

»Ist sie nicht an einer Krankheit gestorben?« bohrte sie weiter. »Ja, es war eine unheilbare Blutkrankheit.«

Roberto wartete gespannt auf die nächste Frage. Sie kam sogleich: »Kann nun Gott von der schädlichen Krankheit erretten, oder kann er es nicht?«

»Doch, er kann es. Er kann es ganz bestimmt!«

Roby war noch nicht zufrieden.

»Weißt du, warum er Mutti nicht gerettet hat?«

Roberto setzte sich hin und legte seinen Arm um ihre Schulter. »Gerade das hat er doch getan, Roby. Er hat Mutti gerettet!« Trotzig entzog sich Roby ihrem Vater. »Du nimmst mich nicht ernst«, murrte sie, »und nun sagst du selbst Dinge, die nicht wahr sind.« Sie wollte aufstehen, aber Roberto ließ es nicht zu. »Jetzt aber schön langsam, meine Liebe. Ich möchte dir etwas erzählen. Leg dich nur wieder hin, es wird länger dauern!« Roby gehorchte sogleich, und er begann: »Du kennst ja die Nummer von Nico.« Roby nickte.

»Und du weißt ja, Mutti war seine Partnerin.« Ja, das wußte Roby natürlich auch.

»Damals war seine Nummer noch aufregender als jetzt. Er flog auch durch die Kuppel wie heute, und wenn er so hing, schwang sich deine Mutter hinüber, und er fing sie auf.«

Roby konnte sich das gut vorstellen. Im Familienalbum hatte sie einmal ein Bild von dieser Szene gesehen. »Ist sie nie gestürzt?« fragte sie dazwischen.

»Nein, nicht ernstlich«, antwortete Roberto gepreßt, »aber ich habe mich davor gefürchtet, Tag und Nacht. Immer und immer wieder hatte ich Angstträume, in denen ich Mutter zerschmettert am Boden liegen sah. Manchmal sah ich sie stürzen, sprang hinzu und erwachte, weil ich schrie.«

Roby sah ihren Vater scheu von der Seite an. So kannte sie ihn gar nicht. Daß er solche Angst haben konnte!

»Dann wurde sie krank«, fuhr er fort. »Nicht plötzlich, sondern ganz allmählich ist sie immer schwächer geworden.«

»Hat sie dann gebetet?« wollte Roby wissen.

»Noch nicht, das kam erst später. Sie war schon lange krank, da besuchte sie eines Tages eine Freundin und las ihr vor.«

»Aus der Bibel?«

»Ja, aus dem Neuen Testament. Deine Mutter wollte dann selbst eine Bibel haben, darum brachte ihr die Freundin diese blaue da.« Roberto schwieg nachdenklich.

»Und dann? Erzähl weiter!« bat Roby.

»Dann hat sie Jesus kennengelernt und bekam ihn lieb

und fand heraus, daß er sie auch liebte. Sie hat angefangen mit ihm zu sprechen und hat mehr und mehr gelernt, was es heißt, unter seinem Schirm und im Schatten seiner Flügel zu sein.«

Roby war noch nicht überzeugt.« Wieso kannst du das wissen, sie ist ja trotzdem gestorben?«

»Schau, sie ist durch das Unglück der Krankheit hindurchgegangen, wie jemand, der durch den Regen geht. Er geht unter seinem Schirm und wird nicht naß, bis er nach Hause kommt.«

»Dann ist also Mutti nach Hause gekommen?«

»Ja, sie ist nach Hause gekommen zu ihrem Vater.«

»Und war errettet von ihrer Krankheit?«

»Nicht nur von ihrer Krankheit! Sie ist errettet und erlöst von allem Übel am Ziel angekommen.«

Lange blieben beide still. Roby mußte wieder an ihren Vater denken. Er hatte ja auch gelitten in jener schweren Zeit. »Aber du«, fragte sie dann, »du bist dabei wohl naß geworden?«

Roberto mußte lachen. »Ja, ich wurde naß, weil ich den Schirm noch nicht hatte.«

»Wie hast du ihn gefunden, Vati?«

»Ich habe einen von Mutters Schätzen entdeckt, warte, ich will ihn dir zeigen.«

Damit zog Roberto seine Bibel her, schlug sie auf und fand eine Stelle, die rot unterstrichen war.

Er las: »Jesus spricht: Ich bin die Auferstehung und das Leben, wer an mich glaubt, der wird leben, ob er gleich stürbe, und wer da lebt und glaubt an mich, der wird nimmermehr sterben.«

»Hast du das unterstrichen, Vati?« fragte Roby.

»Nein, das tat noch deine Mutter. Ich hab' es nachher um so leichter gefunden.« Und wie zu sich selbst meinte er: »Sie hat hier losgelassen und sich hinübergeschwungen in Gottes Reich, und Jesus hat sie aufgefangen.«

»Wie schön«, mußte nun Roby denken. Dann sagte sie: »Nicht wahr, Vati, so ist es besser, als wenn dein Traum wahr geworden wäre.«

»Viel, viel besser«, sagte Roberto leise.

Roby stand auf und begann, sich die Haare zu bürsten. Dabei mußte sie an Nico denken. Sie sah ihn auf seinem Flug durch die Kuppel. Wenn ihm etwas zustoßen würde, ob er dann auch bei Jesus landen könnte wie Mutter? So überlegte sie.

»Vati, ist Nico ein Kind Gottes?«

Roberto stand auch auf. »Nein, leider nicht. Er hat sich nach dem Tod von Mutter ganz verhärtet. Er will nichts von Jesus hören, darum kann Gott ihn nicht erreichen.«

»Betest du für ihn?« fragte Roby weiter.

»Ja, Kind, das tu ich. Aber es braucht wohl etwas sehr Starkes, um diese feste Wand zu durchbrechen, hinter der er sich versteckt.«

Gerade in diesem Moment ging die Wohnwagentür ein Stück weit auf, und Carla streckte ihren Kopf herein.

»Ich warte schon so lange, hast du es denn vergessen?« fragte sie vorwurfsvoll.

Roby schaute sie verständnislos an, sie mußte sich zuerst besinnen. Natürlich! Sie hatten sich ja verabredet, um schwimmen zu gehen. »Du meine Güte, Carla, ich habe es tatsächlich vergessen. Es tut mir leid!«

Schnell raffte sie ihre Sachen zusammen, gab Roberto einen Kuß und schob Carla zur Tür hinaus. »Jetzt aber nichts wie los!« »Habt ihr eure Schwimmwesten?« rief Roberto ihnen nach. Die beiden lachten, denn sie konnten ja schwimmen wie die Robben, und Vater wußte das genau.

Er sah ihnen nach. »Du gehst mit ihnen, Herr Jesus, nicht wahr? Ich danke dir.« So sprach er mit dem, den er nicht sah, aber nahe wußte, und verschwand wieder im Wohnwagen.

4. Robys Freunde

Carla war bei weitem nicht etwa Robys einzige Freundin. Sie hatte mindestens so viele Freunde wie Finger an ihren Händen. Ganz zuvorderst auf ihrer Liste, wohl gleich hinter Vater, kam Stani, der Pferdepfleger.

Das Personal im Pferdestall wechselte zwar jedes Jahr – dort konnte man die verschiedensten Sprachen hören, und seltsam, die Pferde verstanden sie alle – aber Stani, Robys Freund, war schon jahrelang dabei und kam auch mit ins Winterquartier. Er stammte aus Polen und war mit Pferden aufgewachsen. Stani und die Pferde gehörten zusammen wie Roby und Roberto.

Roby kannte haargenau die beste Zeit, um ihn zu besuchen. Kam sie zwischen zehn und elf Uhr vormittags ins Stallzelt, so traf sie ihn sicher dabei an, wie er auf einem Heuballen saß und seinen Vormittagsimbiß aß. Dann setzte sie sich zu ihm und bekam jedesmal ein Stück von seiner Wurst. Die schmeckte hier, zwischen Pferden und Heu, einfach viel besser als daheim im Wohnwagen. Der Geruch des Pferdestalles und Stanis gemütliches Plaudern gehörten eben dazu.

Manchmal war auch Carla dabei und ab und zu Georg, der kleine Sohn der Köchin. Hatte Stani Zeit, ließ er alle drei auf Boris reiten. Boris war ein hübscher, brauner Ponywallach – auch einer von Robys Freunden. Er kannte ihre Stimme von weitem und begann gleich ungeduldig mit den Vorderhufen zu scharren, wenn er sie mit Stani sprechen hörte. Roby hatte immer etwas für ihn dabei, etwa eine Rübe, Kraftfutterwürfel oder ein Stück hartes Brot.

Boris machte willig mit, wenn Stani ihn an der Longe im Kreis traben ließ und die Mädchen auf seinem Rücken ihre

Kunststücke probierten. Roby gelang es bereits, auf dem Ponyrücken ein paarmal über das Springseil zu hüpfen. Wenn sie herunterfiel – was tat's! Abgesehen von einigen blauen Flecken hatte sie sich bisher nie ernstlich verletzt, und es machte ja solchen Spaß!

In einem Gehege lebte ein weiterer Freund von Roby. Er war die jüngste aus einer ganzen Schar von Zwergziegen, der kleine, schwarzweißgefleckte Toni. Auch mit ihm ließ es sich herrlich spielen. Er war genauso übermütig wie die Kinder, und das gegenseitige Puffen und Umwerfen schien auch ihm zu gefallen.

Stellte sich Roby gebückt irgendwohin, dann kam er angerast, gab ihr einen Puff in den Hintern, stand bockstill daneben und sah zu, wie sie sich wieder aufrappelte. Zum Glück war er klein, sonst hätte es gefährlich werden können. Aber so war es einfach zum Lachen, wie er dastand, den Kopf schräg hielt und in aller Unschuld auf ein neues Opfer wartete.

Natürlich waren auch die Äffchen Jonggi, Kenga und Mari Robys Freunde. Dazu die Frau vom Kiosk, und das war ein großer Vorteil. Da wanderte so manches in Robys Taschen, was Roberto ihr nicht gekauft hätte. Er wollte ja nicht, daß sie schwarze Zähne bekäme. Natürlich wurde brüderlich geteilt zwischen Roby, Carla und Georg.

Eigentlich gäbe es noch viele Freunde aufzuzählen. Aber manche blieben ja nur einen Sommer lang im Zirkus, und das war fast zu kurz, um feste Freundschaften zu schließen. Auch bei dem Mann, der die Affen versorgte, war das so. Roby sah ihn oft, aber sie kannte ihn nicht näher.

Eines Tages jedoch fiel ihr auf, daß ein anderer seine Arbeit tat. Als eine ganze Woche verstrich, ohne daß er wieder auftauchte, erkundigte sie sich nach dem Mann. Da'

sagte man ihr, er sei krank geworden und habe seine Arbeit im Zirkus aufgeben müssen.

Roby vergaß dieses Ereignis bald wieder. Sie konnte ja nicht ahnen, wie sehr gerade diese Begebenheit ihr eigenes Leben verändern würde.

5. Der Schirmbildwagen

Schon neigte sich der Sommer und damit auch die Spielzeit ihrem Ende entgegen. Noch einige Wochen umherziehen, noch eine kurze Zeit dieselbe Nummer mit Roberto, dann würde der Zirkus sein Winterquartier beziehen.

Das bedeutete für Roby, regelmäßig zur Schule zu gehen wie andere Kinder, vielleicht sogar eine Behandlung beim Zahnarzt, Putzarbeiten an Wohnwagen und Geräten und vor allem das Einüben einer neuen Nummer mit Roberto.

Ob sich Roby wohl darauf freute, oder nicht? Doch, gewiß, sie freute sich. Auch das Leben im Winterquartier hatte immer seine besonderen Freuden. Roby freute sich auf die schönen, gemütlichen Abende im Wohnwagen mit ihrem Vater oder mit Stani. Auch im Winter war das Reiten auf Boris schön. Er würde dann zwar nicht mehr im Zelt, sondern in einem festen Stall stehen, aber das tat ihrer Freundschaft ja keinen Abbruch. Nur die Schule machte ihr ein bißchen Kummer. Ob sie wohl den Anschluß finden konnte?

Vorläufig wollte sie einfach noch jeden Tag genießen und sich keine Sorgen wegen später machen.

Was hatte aber dieser komische Omnibus, der eines Morgens auf dem Zirkusgelände stand, hier zu suchen? Er sah fremd und bedrohlich aus. Ein Reisebus war es nicht. Das merkte Roby, weil die Fenster fehlten. War es möglicherweise ein Käfig für irgendwelche Tiere?

Nein, auch das war falsch. Durch Roberto erfuhr Roby, wozu der Wagen hier war. Es handle sich um einen Schirmbildwagen, erklärte er ihr. Alle Zirkusleute, vom Direktor bis zum kleinen Georg, hätten dort hineinzugehen, auch Roby und Roberto.

»Wozu denn, Vater?« fragte sie ängstlich.

»Nur keine Angst, kleine Maus, es ist überhaupt nicht gefährlich«, beruhigte Roberto. »Man geht hinein, stellt sich vor einen Apparat, der macht ein Foto von unserer Lunge, und schon ist alles fertig.«

»Tut es weh?«

»Überhaupt nicht! Hat es dir je wehgetan, wenn du fotografiert wurdest?«

»Nein, das nicht, aber . . .«, Roby machte ein nachdenkliches Gesicht.

»Es ist genau dasselbe, nur daß man auf diesen Bildern sehen kann, was inwendig ist.« Für Roberto schien das die gewöhnlichste Sache der Welt zu sein.

»Warum muß man das denn machen?« wollte Roby wissen.

»Erinnerst du dich an José, der unsere Affen versorgte?«

»Ja, er ist doch krank geworden und nicht mehr zurückgekommen«, besann sich Roby.

»Genau! Er ist an Tuberkulose erkrankt.«

»Was ist das?«

»Seine Lunge ist krank, und weil es ansteckend ist, müssen wir alle untersucht werden. Es könnte sonst sein, daß jemand unbemerkt die Krankheit weiterträgt.« Roberto sagte das ganz unbekümmert, aber Roby hätte lieber den grauen Bus wieder verschwinden sehen. Ihr war die Sache nicht geheuer.

Wenig später konnte sie jedoch selbst feststellen, daß Vater recht gehabt hatte. Es tat überhaupt nicht weh. Die Frau, die ihr beim Ankleiden half, war sehr freundlich, und alles war ganz schnell vorbei. Danach kam ihr der Bus gar nicht mehr so bedrohlich vor. Als jeder fotografiert worden war, fuhr der Bus wieder weg und alles war wie vorher.

Tag um Tag verging. Schon war der Zirkus am letzten

Spielort angelangt. Da bekam Roberto einen Brief. Es war ein Brief mit amtlichem Aufdruck. Roby sah ihm verstohlen zu, als er ihn öffnete. Brachte er wohl Ärger mit den Behörden? Hatten sie vielleicht irgendeine Anordnung übertreten? Roby erhaschte einen Blick auf den Briefkopf. Da stand so etwas wie »Städtisches Gesundheitsamt«.

Blitzartig kam ihr der Schirmbildwagen wieder in den Sinn. Ob der Brief wohl etwas damit zu tun hatte? In Robys Hals begann es zu würgen. Sie wollte etwas sagen, brachte aber nichts heraus.

Roberto jedoch stand auf, als wäre nichts geschehen. Er holte seine Jacke aus dem Schrank und sagte beiläufig: »Nächsten Montag muß ich mal zum Arzt.« Darauf trank er im Stehen seinen Kaffee aus und verließ den Wohnwagen.

Roby saß wie angewurzelt auf ihrem Stuhl und fühlte irgend etwas Beklemmendes auf sich zukommen. Sie fürchtete sich. Ihre Gedanken kreisten um José, der weggegangen und nicht mehr zurückgekommen war.

Auf ihrem Stuhl blieb sie sitzen, bis es im Wohnwagen langsam dunkel wurde. Sie wagte kaum, sich zu bewegen. Ihr war, als würde in einer finstern Ecke etwas auf sie lauern, etwas wie eine Raubkatze.

Da leuchtete plötzlich in ihrem Herzen ein helles Licht auf. Worte kamen ihr in den Sinn, so als würde jemand zu ihr sprechen. Ganz klar stand der Vers vor ihr: »Er errettet dich vom Strick des Jägers und von der schädlichen Pestilenz.« Sie sagte ihn leise, Wort für Wort, sagte ihn nochmals, diesmal lauter, sie wiederholte ihn immer wieder und betonte das Wörtlein ER.

Es war seltsam: dabei wurden »Jäger« und »Pestilenz« immer kleiner, »ER« aber wurde immer größer. Sie machte weiter damit. Immer denselben Vers, mit Betonung auf ER. Da war die Dunkelheit im Wohnwagen plötzlich nicht mehr finster, weil ER da war. ER, der Vater, ER, der Heiland Jesus Christus, ER, der wie ein Schirm die Hände über seine Kinder breitet.

Roby stand auf, machte Licht und begann das Geschirr zu spülen. Als ihr Vater zurückkam, fand er sie ruhig und gelöst vor. Da fiel es ihm leichter, mit ihr über den Brief zu sprechen.

»Es ist so, man hat auf dem Schirmbild von mir irgend etwas gesehen. Was es ist, weiß man noch nicht. Darum muß der Arzt mich jetzt genau untersuchen.«

Da sagte Roby ohne zu wollen, als Antwort einfach ihren Vers auf. »Er errettet dich vom Strick des Jägers und von der schädlichen Pestilenz!«

Roberto strich ihr übers Haar. »Danke, Roby, das war das richtige Wort zur rechten Zeit.«

Schon war draußen alles in Bewegung, der Beginn der Abendvorstellung rückte näher.

»Laß uns noch einen Psalm lesen!« bat Roberto. Roby holte ihre Bibel, ihre eigene, die rote. Die öffnete sich nämlich schon von selbst beim 91. Psalm. Sie lasen ihn gemeinsam. Es war wie ein Gebet, aber ein Gebet mit Antwort.

Nun gingen sie an die Arbeit. Auch an diesem Abend brachten sie die Leute wie sonst zum Lachen. Niemand hätte eine Veränderung bemerken können.

Diesmal wartete Roby mit dem Einschlafen, bis ihr Vater kam. Er legte liebevoll seine Hand auf ihre Stirn und sagte: »Ich gebe dir lieber keinen Gutenachtkuß mehr, bis man weiß, was los ist. Ich möchte dich nicht anstecken.«

Das tat nun wieder weh und ließ Roby merken, daß nicht alles so war wie sonst.

Sie lag im Dunkeln noch lange wach. Eines merkte sie: ER war immer noch da, ganz wirklich. Noch nie hatte sie

Seine Gegenwart so klar gespürt. Sie streckte die Hand aus, weil sie gerne ihn, ihren Schirm und Schild, berührt hätte.

»Es muß wohl zuerst regnen«, dachte sie, »daß einem der Schirm so richtig wertvoll wird.« Mit solchen Gedanken schlief sie ein, ja, alles war heute anders als sonst.

6. Ein langer Tag

In den nächsten Tagen machte Roberto weiter seine Späße im Zirkus, und Roby half ihm dabei. Am Montag waren die Vorbereitungen zum Aufbruch ins Winterquartier schon in vollem Gang, als er seine Sonntagskleider anzog und sich zum Ausgehen bereit machte. Er ließ ein Taxi kommen, verabschiedete sich von Roby und ließ sich zum Arzt fahren. »Bis bald!« rief er noch zurück.

»Hoffentlich ist das bald«, dachte Roby. Sie machte ihre Hausarbeiten, versorgte alles, was herumstand im Schrank und kümmerte sich darum, daß Vater ein gutes Essen bei seiner Rückkehr vorfinden sollte. Sein Lieblingsgericht sollte es sein: Risotto con funghi. Gegen Mittag hatte sie alles fertig, aber Vater war noch immer nicht da. Sie versuchte das Essen warmzuhalten und nahm ein Buch zur Hand, um sich abzulenken. Sie konnte jedoch nicht lesen, ihre Gedanken schweiften immer ab. Sie legte das Buch wieder weg. Ihre innere Unruhe trieb sie von einer Arbeit zur andern. Sie füllte einen Kessel mit Wasser, nahm Bürste und Lappen und begann, die hölzernen Eingangsstufen zum Wohnwagen zu putzen. Das hielt sie für eine Weile beschäftigt. Die Treppe war nachher so sauber wie schon lange nicht mehr. Die Mittagszeit war längst vorüber, das Essen eingekocht und unansehnlich geworden, aber von Roberto war weit und breit keine Spur.

Roby hätte zu Stani oder zu Carla gehen können, aber sie befürchtete, Vaters Rückkehr zu verpassen. Gegen zwei Uhr endlich hielt sie es nicht mehr aus. Vater mußte doch einfach jeden Moment kommen. Sie wollte ihn draußen erwarten. Den Wohnwagen schloß sie ab und schlenderte hinüber zur Einfahrt zum Zirkusgelände. Jedes ankommende Auto beobachtete sie scharf, aber Vater kam einfach nicht.

Fast eine ganze Stunde stand sie dort. Tante Elena, die Frau von der Kasse, mußte sie beobachtet haben. Roby tat ihr leid.

»Roby, komm doch mal her zu mir, du kannst mir helfen!« rief sie. Roby kam nur zögernd herbei und meinte: »Vati muß aber wissen, wo ich bin, wenn er heimkommt!«

»Schon gut, Roby. Nimm diesen Zettel da und schreibe darauf: ›Bin bei Tante Elena.‹ Gut, jetzt nimmst du diesen Klebstreifen und klebst den Zettel an eure Wohnwagentür!«

Roby war so froh, endlich mit jemandem sprechen zu können. Sie rannte zum Wohnwagen, klebte den Zettel an – und schon war sie zurück.

Tante Elena legte eine Liste mit Zahlen vor Roby hin. »Schau, hier ist die Rechenmaschine. Du kannst jetzt all diese Zahlen hier eintippen, schön eine nach der andern. Aber paß auf, daß du keine Fehler machst!«

Roby begann. Puh, ging das zuerst langsam! Jede Zahl mußte sie suchen. Aber allmählich bekam sie Übung und wurde schneller. Ab und zu schaute ihr Tante Elena über die Schulter und lobte: »Prima geht das, kein einziger Fehler!«

Roby hatte schon ganz heiße Wangen vor Anstrengung. Sie erschrak richtig, als draußen plötzlich Vaters Pfiff ertönte.

»Vati!« entfuhr es ihr, und sie sprang auf.

Tante Elena lächelte, als Roby wie ein Pfeil aus dem Wagen schoß und den Stuhl dabei umwarf. Ihr Trick hatte geholfen. Roby war die Zeit beim Tippen schnell vergangen, und sie hatte ihre Sorge dabei vergessen können. Sie ging zur Tür und schaute den beiden nach, wie sie Hand in

Hand ihrem Wagen zustrebten und dachte laut: »Wenn das nur gut geht, sie ist ein so liebes Kind.«

Etwas später verließ sie mit einigen Büchern unter dem Arm ihr Büro und ging zum Direktionswagen. Im Vorbeigehen schaute sie sich um nach Robertos Heim. Sein Inneres war erleuchtet, die Vorhänge zugezogen. Alles schien in bester Ordnung zu sein.

Wären die Wände des Wagens aber durchsichtig gewesen, hätte Tante Elena eine weinende Roby sehen können und einen traurigen Roberto, der sie zu trösten versuchte.

Noch lange brannte das Licht an diesem Abend in Robertos Wohnwagen. Nachdem Robys Weinen etwas nachgelassen hatte, holte Roberto seine Reisetasche hervor und packte sein Rasierzeug und andere Toilettensachen hinein. Roby brachte frische Wäsche und einen Pyjama. Zuletzt legte sie noch die blaue Bibel dazu. »Vater sollte nicht allein in der Fremde sein«, dachte sie.

»Was muß ich denn mitnehmen?« fragte sie nun ratlos.

»Nimm nur ein Buch mit! Du wirst wohl, wie ich heute, zwischendurch lange warten müssen.«

Roby kramte in ihren Sachen. »Brauche ich sonst wirklich nichts?« fragte sie nochmals.

»Nein Liebes, du kannst ja nachher wieder zurück und mußt nicht über Nacht bleiben.«

Ja, Roby mußte morgen mitgehen ins Spital. Weil sich bei ihrem Vater der Verdacht auf eine Lungenkrankheit zu bestätigen schien, sollte er vorläufig zur Enddiagnose im Spital bleiben. Um sicher zu sein, daß Roby nicht etwa schon angesteckt war, mußte auch sie noch untersucht werden. Auf ihrem Schirmbild war zwar nichts zu sehen, aber das gab keinen allzu gründlichen Aufschluß. »Was machen sie dann mit mir?« erkundigte sich Roby ängstlich.

»Sie werden nochmals Aufnahmen machen, wie damals

im Wagen, dann wird natürlich auch dein Blut untersucht.« Roberto wußte ja jetzt schon ein bißchen Bescheid.

Roby erschrak. »Werde ich gestochen?«

»Ja, aber es tut nicht weh, du wirst es sehen. Ich habe fast nichts gespürt.«

»Und was geschieht morgen mit dir?« fragte Roby.

»Bei mir wird etwas Flüssigkeit aus dem Magen entnommen. Das muß dann genau untersucht werden.«

Robys Augen wurden immer größer. »Wird dann dein Bauch aufgeschnitten?« fragte sie erschrocken.

Roberto mußte lachen. »Nein, Dummchen, so gefährlich wird es nicht. Man muß einen dünnen Schlauch schlucken, wie eine lange Makkaroni. Schau so!« Er begann zu schlukken und zu würgen und dabei so lustige Grimassen zu machen, daß Roby trotz allem zu lachen begann.

»Hör auf!« kicherte sie, »mir wird ja schlecht! Das ist überhaupt nicht lustig.« Aber sie war doch schon weniger traurig. Vater war halt ein Meister, wenn es ums Aufheitern ging. »Wozu soll die ganze Prozedur eigentlich gut sein?« wollte sie nun noch wissen.

Vater erklärte geduldig: Damit kann man eben aus dem Magen ein wenig Saft herausnehmen. Wenn darin Bazillen gefunden werden, dann kann ich wohl längere Zeit nicht mehr mit dir zusammen sein.«

Nun hatte Roby schon wieder Tränen in den Augen. Vater legte seine Hände auf ihre Schultern und hielt sie ein Stück weit von sich.

»Komm Roby, sei jetzt meine tapfere große Tochter! Wer weiß, vielleicht werde ich bis zur nächsten Spielzeit schon wieder gesund sein.«

»Was? Bis zur nächsten Spielzeit?« Roby schien erst jetzt zu merken, worum es eigentlich ging. Unter »lange« hatte sie sich etwa drei Wochen, höchstens einen Monat vorgestellt. Bis zur nächsten Spielzeit! Das bedeutete doch den ganzen Winter, bis in den Frühling hinein – den ganzen Winter ohne Vater! Das war für Roby nicht auszudenken.

»Ganz gewiß ist es ja noch nicht«, meinte Roberto recht unsicher, »aber es sieht schon danach aus. Ich würde dann in eine Spezialklinik kommen, wo man mich gut pflegen wird.«

Roby nickte und dachte nach. Plötzlich hatte sie eine Idee. »Weißt du was, Vati? Vielleicht findet man die Krankheit auch bei mir. Dann können wir gleich zusammen dorthin gehen!« Aber damit war Roberto gar nicht einverstanden.

»O nein, Roby! Von ganzem Herzen bitte ich Gott, daß du nicht angesteckt bist. Das ist mir im Moment am wichtigsten – und daß du gut aufgehoben bist in der Zwischenzeit.«

Darüber hatte Roby bisher gar nicht nachgedacht. Die Tatsache, sich von Vater trennen zu müssen, hatte ihr genug Schmerz bereitet. Was sollte aber aus ihr werden? Sie konnte doch nicht allein hier im Wohnwagen bleiben!

»Natürlich nicht«, meinte Vater, »den ganzen Tag habe ich heute darüber nachgedacht. Es wird schon eine Lösung geben.«

»Was für eine?« drängte Roby.

»Morgen früh, bevor wir gehen, werde ich mit Tante Elena sprechen. Mit Tante Elena und Nico.«

Roby gab keine Antwort. Was hätte sie auch dazu sagen sollen? Eine andere Lösung gab es gar nicht, das konnte sie wohl sehen. Sie hatte Tante Elena gern. Nur hatte sie keine enge Beziehung zu ihr, weil die Tante ja immer so beschäftigt war.

Tante Elena war Nicos Schwägerin, also die Frau eines anderen Bruders von Robys Mutter, der auch schon gestorben war.

Im Winterquartier war sie die Chefin des gemeinsamen

Haushalts. Sie hatte überall zu tun. Mit Abrechnungen, Bestellungen und allem, was mit Geld zusammenhing. Der Zirkus war ein Familienunternehmen. Darum war auch Roby mit all denen irgendwie verwandt, die ständig dazugehörten. Viele der Angestellten und Artisten verließen sie im Winter, und im nächsten Jahr kamen neue.

Roby wußte, daß auch Carla mit ihren Eltern wegziehen würde. Was für Aussichten! Wenigstens Stani blieb, das war schon ein großer Trost.

Roby seufzte tief. Es würde alles so kommen, wie es kommen mußte. Wenn nur Vater recht bald wieder gesund werden würde!

»Ich glaube, wir können den Laden zumachen, was meinst du?« Mit ›Laden zumachen‹ meinte Roberto das Zubettgehen. »Ja«, sagte Roby nur und stand auf. Sie machte sich zurecht, ohne ein weiteres Wort zu sagen. Auch Roberto schwieg. Sie hörte ihn in der Schublade kramen, während sie schon in ihrer Koje lag.

Vater hatte noch seine Leselampe eingeschaltet. Nach einer Weile kam seine Hand zu ihr herauf und hielt ihr einen Zettel hin. Darauf stand: Lies Psalm 91, Vers 4.

Roby ließ ihren Arm über den Bettrand hinunterhängen und spürte, wie Vater ihr die Bibel in die Hand gab. Sie griff danach und schlug sie an der wohlbekannten Stelle auf. Da stand:»Er wird dich mit seinen Fittichen decken, und deine Zuversicht wird sein unter seinen ewigen Flügeln. Seine Wahrheit ist Schirm und Schild.«

Das war die Fortsetzung ihres Psalmes. Drei Verse konnte sie bereits auswendig, und nun war der vierte dran. Seltsam, wie immer ein Wort in ihre Lage paßte! Ob wohl auch für morgen ein Vers bereit war?

Neugierig las sie auch noch Vers fünf und sechs. Und siehe da, auch sie paßten ganz genau. Da war von Pfeilen die

Rede, und Roby stellte sich darunter die Nadeln vor, mit denen sie morgen gestochen würde. Sie mußte staunen. Sie hatte ganz fest das Gefühl, daß Gott um alles wußte. Immer wenn ein Schritt ins Ungewisse kam, hatte Gott eine Antwort bereit und ging selbst mit.

Roby nahm Vaters Zettel und schrieb auf die Rückseite: »Gott weiß Bescheid!« Dann gab sie ihn hinunter. Vater nahm ihn entgegen und blieb eine Weile ganz still. Dann löschte er das Licht aus. Kein weiteres Wort wurde zwischen ihnen gewechselt, denn es war eigentlich alles gesagt, was gesagt werden mußte. Außerdem war es schon sehr spät. Seit heute morgen war eine Ewigkeit vergangen, und es war höchste Zeit, den Tag zu beschließen.

7. Wie ein Roboter

Als Roby am nächsten Morgen aufwachte, war ihr Vater schon unterwegs. Sie wusch sich, machte die Betten und räumte sorgfältig auf. Dann trank sie eine Tasse Tee. Vater durfte ja nichts zu sich nehmen, wegen der Untersuchung. Sie selbst hatte keinen Hunger. Wo blieb Roberto nur wieder so lange? Roby hielt nach ihm Ausschau und sah ihn bald mit Tante Elena zurückkommen. Sie hielten sich noch bei Nicos Wagen auf und sprachen unter der Tür mit ihm. Endlich kam Roberto. Tante Elena folgte ihm.

Vater übergab ihr einige Schriftstücke und seinen Wagenschlüssel und sagte: »So, ich glaube, das wäre im Moment alles. Ich bin dir sehr dankbar!«

»Schon gut«, antwortete Tante Elena, »laß nur den Kopf nicht hängen! Und du, Roby, wirst sehen: Die Zeit geht schnell vorbei.« Jetzt gab sie ihr noch einige Anweisungen: »Bleibe im Warteraum des Krankenhauses, wenn du fertig bist, ich werde dich dort abholen!«

Roby nickte. Sagen konnte sie nichts. Erst als Tante Elena gegangen war, fragte sie: »Bleibt der Wohnwagen hier?«

»Nein«, erklärte Roberto, »heute kommt alles ins Winterquartier. Nico bringt auch unseren Wagen hin.«

»Werde ich ganz allein hier drin schlafen?«

»Nein, Roby, sicher nicht. Tante Elena hat Platz für dich. Deine Sachen kannst du jederzeit hier herausholen. Du hast ja auch einen Schlüssel.«

Roby nickte wieder nur, strich mit der Hand nochmals über Vaters Bettdecke und rückte Mutters Bild gerade. Roberto ahnte, wie ihr zumute war, sagte aber nichts. »Man muß ihr Zeit lassen«, dachte er.

Roby schaute auf die Uhr. »Müssen wir jetzt gehen?« fragte sie.

»Ja, es wird langsam Zeit«, stellte Roberto fest. Roby kämpfte mit den Tränen. Roberto nahm seine Tasche. Er mußte schwer schlucken, als hätte er jetzt schon diesen Schlauch im Mund.

»Gehen wir!« Seine Stimme war nicht wie sonst. Er schloß die Tür mit Robys Schlüssel ab und gab ihn ihr wieder zurück. Er hätte ihr noch so viel sagen wollen, aber es ging einfach nicht.

Auch im Taxi wäre es wohl ganz still geblieben, wenn der Fahrer nicht über das Wetter geplaudert hätte. Nur zu schnell waren sie am Krankenhaus angelangt.

Vater faßte Robys Hand und ging mit ihr zu einem Schalter, über welchem »Anmeldung« stand. Dort mußte er ihren Namen nennen. Natürlich nicht Roby, sondern den richtigen: Graziella. Der Mann am Schalter erklärte ihnen, wohin sie nun zu gehen hätten. Zum Glück war Vater dabei. Roby hatte nämlich gar nicht zugehört.

»Rönt-gen-dia-gnos-tik«, las Roby langsam die Aufschrift über der Tür, die Vater jetzt öffnete. »Was für schreckliche Wörter«, dachte sie. Sie kamen in ein Vorzimmer. Roby setzte sich auf einen Stuhl, während Vater mit einer Schwester sprach.

Dann kam er zu ihr, ergriff ihre Hand und sagte: »Nun warte hier, bis du drankommst. Man wird dich rufen. Ich gehe jetzt ins Labor. Gott behüte dich!«

Am liebsten hätte Roby ihren Vater einfach nicht losgelassen. Aber große Kinder dürfen kein Theater machen, vor allem nicht im Krankenhaus. So sah sie ihm einfach mit großen Augen nach. An der Tür drehte er sich nochmals um und winkte zurück. Dann war er weg.

Mechanisch erhob sich Roby, als sie aufgerufen wurde.

Sie stellte sich, wohin sie sich stellen sollte und legte sich nieder, wenn man sie dazu aufforderte.

Die lustige Roby, der kleine Kobold war nun wie ein Roboter. Sie ließ die Schwestern reden und sagte einfach nichts. Später wurde sie zum Labor geführt. Dort war es wieder dasselbe. Roby, der Roboter, streckte für die Blutabnahme den Arm aus. Sie reagierte überhaupt nicht. Sie streckte den Finger hin, als man nochmals Blut abnehmen mußte, und ließ alles mit sich geschehen, als wäre sie aus Holz. Wurde sie etwas gefragt, sagte sie nur ja oder nein, je nachdem. Geduldig setzte sie sich hin, wenn man sie warten hieß, und stand wieder auf, wenn man sie holte. »Was für ein seltsames Kind«, sagte eine Laborantin zur andern, »ist sie wohl normal?«

Wieder kam jemand, um sie abzuholen. Man brachte sie in einen kleinen Raum. Da stand ein Bett. Jemand lag darin. Aber erst als dieser Jemand sie beim Namen rief, merkte sie, daß es ihr Vater war.

Da sprang sie auf, warf sich auf die Bettdecke und weinte bitterlich. Jetzt war Roby endlich kein Roboter mehr, und das war gut.

Vater tat das Beste, was er tun konnte. Er legte beide Hände auf Robys Kopf. Sie hörte ihn sprechen, aber er sprach nicht mit ihr – er sprach mit Gott. Er legte seine Tochter in Gottes Hände, er gab sie ganz in seine Obhut.

Da erinnerte sich Roby plötzlich wieder daran, daß Gott ja Bescheid wußte und daß er ihr so nahe war, daß sie in seinem Schatten sein konnte.

»Lieber Vater, du wirst sie keinen Augenblick verlassen. Hilf uns, dir ganz zu vertrauen!« so betete Roberto, und nun konnte auch Roby beten.

»Gott, ich bitte dich, errette Vater von der schädlichen

Pestilenz und laß ihn bald wieder zu uns kommen! Amen!«
Sie versprachen einander, sich oft zu schreiben und weiter nach Schätzen zu suchen in Gottes Schatzkästlein, der Bibel.

Eine Schwester kam herein und meldete, daß eine Dame auf Roby warte. Tante Elena! Nun mußten die beiden wirklich Abschied nehmen. Es ging schnell und ohne Tränen. Roby hatte sich vorher schon ausgeweint.

Tante Elena nahm Roby mit in ein Gasthaus. Da hatte sie nun plötzlich Hunger, jetzt, wo sie kein Roboter mehr war. Sie durfte auswählen, wonach sie Lust hatte und konnte dann auch mit Genuß essen. Tante Elena wunderte sich und dachte: »Das scheint ja besser zu gehen als erwartet.« Sie war sehr froh. Sie fuhren dann eine lange Zeit zusammen im Auto und kamen gegen Abend im Winterquartier an.

Stani fütterte gerade die Pferde. Boris rieb wie gewohnt seinen Kopf an Robys Schulter. Ihm schien sein neuer Schlafplatz zu gefallen. Auch Toni war schon da und meckerte Roby ein lautes »Willkommen« zu.

Sie atmete auf. Auch sie schien zu denken: »Das geht ja besser als erwartet.«

An diesem Abend wartete noch eine schöne Überraschung auf sie. Als sie sich in ihr Zimmerchen zurückzog, um schlafen zu gehen, entdeckte sie in ihrem Bett einen großen, lustigen Stoffclown. Auf dem Zettel, der an einer Schnur um seinen Hals gebunden war, stand: »Ich soll dir Grüße bringen von deinem Vater und dir sagen, daß er immer an dich denkt.« Roby drückte den lustigen Kerl an sich, und das half ihr, zufrieden einzuschlafen.

8. Das Winterquartier

Ihr Quartier sah merkwürdig aus, wie eine Art Festung. Das große Bauernhaus, in dem die Zirkusleute wohnten, stand an einem kleinen Fluß. Es war alt, aber geräumig. Rund um das Haus waren die vielen Wagen aufgestellt: der Kantinewagen, der Garderobewagen, all die Materialwagen, die Küche und andere mehr. An das Haus angebaut war eine große, helle Werkstatt. In diesen Raum hatte man in früheren Jahren immer den Wohnwagen von Roberto gestellt, weil er und Roby auch im Winter darin wohnten. Jetzt stand er mit anderen zusammen in einem Wagenschopf. Niemand brauchte ihn. In der Werkstatt stand diesmal Nicos Wagen. Nico schlief darin.

In den Ställen waren Pferde, Ponys und Zwergziegen untergebracht. Jonggi, Kenga und Mari sowie die Papageien bewohnten einen geheizten Raum im Haupthaus.

Ein schmaler Feldweg führte am Fluß entlang. Dieser wurde jeden Tag von den Pferdehufen mißhandelt. Er war schon ganz uneben und aufgeweicht. Die Pferde mußten jeden Tag bewegt werden. Manchmal durfte Roby mit Boris ausreiten. Das tat sie furchtbar gern, nur hatte sie nicht so oft Zeit dazu.

Zirkusleute halten nämlich keinen Winterschlaf. Der Zeltmeister war mit seinen Helfern damit beschäftigt, das Zelt zu reinigen und auszubessern. Eine Zelthaut ist sehr teuer und muß von daher sorgfältig gepflegt werden. Geräte mußten ersetzt oder geflickt werden. Wagen wurden überholt, gereinigt und neu gestrichen. Auch die Büroleute waren sehr beschäftigt. Sie mußten Futter bestellen, Bewilligungen einholen, Verträge abschließen und vieles mehr.

Der ganze Spielplan für das neue Jahr mußte geregelt

werden, und einige arbeiteten schon fest am neuen Programm. Da war zum Beispiel Jacky, der mit den Pferden übte. Stani half ihm dabei. Ihnen stand eine besondere Halle zur Verfügung. Auch die Scheune war voll Betriebsamkeit.

Unten in der Tenne wirbelten die Akrobaten herum. Oben, auf der Heubühne, war Nicos Revier. An den Dachbalken hingen die Trapeze.

Roby hatte eines Tages beobachtet, wie Nico Gummimatten hinaufschaffte. Er mußte irgend etwas Neues im Sinn haben, wohl etwas Gefährliches.

Roby selbst trainierte auch – und zwar in der Schule! Schreiben und Lesen machten ihr keine besondere Mühe. Aber das Rechnen! Warum in aller Welt mußte sie ständig rechnen? Wohl damit der Lehrer zufrieden war! Zum Glück half ihr Tante Elena bei den Schulaufgaben. Der Tante fiel das Rechnen leicht. Es machte ihr sogar Spaß. Roby konnte das kaum begreifen!

Roby bekam sehr oft Post von ihrem Vater. Er schrieb immer, es gehe ihm gut. Roby konnte das nicht verstehen. Warum durfte er dann nicht nach Hause kommen? Er schrieb ihr auch von seinen Ideen für eine neue Clownnummer. Und weil Roby viel Fantasie hatte, stellte sie sich vor, Vater wäre da: so konnte sie ihren Teil ganz allein üben.

Es geschah oft, daß sie mit einem großen Regenschirm durch das Eßzimmer lief und die seltsamsten Gebärden dazu machte. Darüber wunderte sich niemand, denn im Zirkus war man an solche Sachen gewöhnt.

Eines Tages hatte Tante Elena aber doch Grund, sich zu wundern. Roby hatte ihren Stoffclown als Zuschauer auf einen Stuhl gesetzt. Er war immer dabei, wenn sie übte. Sie blies gerade auf ihrem Schirm eine kleine Melodie. Der Griff des Schirms war nämlich eine Art Flöte. Tante Elena hörte vom Büro aus zu. Plötzlich riß die Melodie ab. Sie vernahm deutlich einen kurzen Wortwechsel, dann fielen Türen ins Schloß und darauf herrschte nur noch Stille.

Tante Elena eilte ans Fenster und sah gerade noch, wie Nico Roby vor sich herschob und mit ihr in der Scheune verschwand. Tante Elena öffnete das Fenster. Ihr war, als müßte sie die beiden zurückrufen. Sie besann sich aber anders, ging zu ihrem Schreibtisch zurück und vertiefte sich in ihre Arbeit.

Beim Abendessen sagte Roby kein Wort. Nicht einmal Stani gelang es, sie zum Reden zu bringen. Er schüttelte den Kopf und schaute die andern fragend an. Aber niemand schien bereit, ihm Auskunft zu geben.

Später, als Roby schon im Bett lag, hatte Tante Elena einen heftigen Streit mit Nico. Sie zog jedoch den kürzeren dabei, denn Nico hatte einen harten Kopf, und jedermann fürchtete seinen Jähzorn, sogar Tante Elena. Sie gab es schließlich auf und sah ein, daß sich Nico niemals durch eine Strafpredigt von seinem Plan abbringen lassen würde.

Sein Plan stand fest, und Roby gehörte nun einmal dazu. Roby wollte aber gar nicht in Nicos Plan eingespannt werden. Doch Roby war noch ein Kind. Kein kleines zwar, aber doch noch nicht groß genug, daß sie den Erwachsenen nicht mehr hätte gehorchen müssen. Und Nico konnte ihr sehr gut Gehorsam beibringen. Das hatte sie schon an diesem einen Nachmittag gemerkt. Ihr war der Mut vergangen, sich gegen ihn aufzulehnen. Er zwang ihr einfach seinen Willen auf, so daß sie darin wie in einem Schraubstock gefangen war. Was für ein Unterschied zu ihrem Vater! Mit ihm zu arbeiten war reine Freude.

An diesem Abend weinte Roby zum ersten Mal wieder, seit jenem Tag im Spital. In ihrem Herzen war Furcht, Furcht vor Nico und Furcht vor dem Stürzen.

Da erinnerte sie sich an ihre Bibel. Sie hatte sie sehr

vernachlässigt, seit Vater fort war. Ob Gott wohl trotzdem noch zu ihr sprach? Heute, wo keine Sonne mehr schien und überall düstere Wolken hingen, hatte sie es dringend nötig, zu wissen, ob der Schirm des Höchsten noch über ihr war.

Sie stand leise auf und suchte nach dem Wohnwagenschlüssel. Dann zog sie ihre Jacke an und schlich sich am Eßzimmer vorbei und die Treppe hinunter. Die Haustür war nicht verschlossen, weil Nico ja noch in der Scheune war. Roby zögerte. Sollte sie es wagen, das Haus zu verlassen? Wenn Nico unterdessen hinausging und Tante Elena die Türe zuschloß? Wäre es nicht besser, die Bibel erst morgen zu holen? Nein, Roby mußte heute noch wissen, was Gott dazu sagte und ob er noch da war.

Sie huschte hinaus in die Dunkelheit. Nebelschwaden kamen vom Fluß herauf und begannen die Gebäude einzuhüllen. Roby war schon beim Wagenschuppen. Sie hatte große Mühe, das Tor aufzubringen, und als es gelang, machte es viel zuviel Lärm. Wie dunkel war es da drin! Sie wußte, ihr Wagen war der zweite in der Reihe. Sie tastete sich am ersten entlang, und da hätte sie beinahe laut geschrieen. Eine Katze war plötzlich davongehuscht.

Roby hielt eine Weile den Atem an. Wenn sie nur eine Taschenlampe dabei gehabt hätte! Aber sie war ja schon so nahe am Ziel. Da, jetzt stand sie davor. Das Schlüsselloch war hoch oben, weil das Holztreppchen fehlte. Roby steckte den Schlüssel hinein und drehte um. Die Tür ließ sich nur ganz wenig öffnen, weil der Abstand zum nächsten Wagen zu klein war. Roby zwängte sich hinein.

Jetzt hätte sie gerne das Licht angedreht, aber das ging auch nicht, weil der Wagen nicht ans Stromnetz angeschlossen war. Sie fand sich trotzdem zurecht. Schon war sie beim Tisch und zog die Schublade heraus. Ja, sie war da, an ihrem alten Platz!

»Wie konnte ich sie nur so vergessen!« dachte Roby. Im Nu war die Bibel in ihren Händen, ihr kostbarster Besitz!

Der Rückweg ging schon besser. Das Tor quietschte zwar wieder unverschämt, aber Roby erschrak nicht mehr so. Sie rannte zum Haus hinüber. Wenn nur die Tür noch offen war! Ja, sie gab sofort nach. Roby war so erleichtert.

Gerade wollte sie die Treppe hinaufschleichen, da öffnete sich oben eine Türe. Das Licht ging an im Treppenhaus und Nico kam mit langen Sätzen die Stufen herunter.

Roby stand da wie ein ertappter Einbrecher. Nico blieb erschrocken stehen. Er musterte sie von oben bis unten. Sein Blick blieb an der Bibel haften, die sie in den Händen hielt. Ohne ein Wort zu sagen, riß er die Tür auf und verließ das Haus.

Roby hastete in ihr Zimmer. Sie wollte nicht auch noch Tante Elena begegnen. Ihr Herz klopfte wild. Sie ließ sich auf ihr Bett fallen, angelte nach ihrem Stoffclown und legte ihr Gesicht darauf. Sie mußte sich zuerst von ihrem Abenteuer erholen.

Die Bibel hielt sie immer noch fest umklammert. Als sie sie wenig später öffnete, traf sie wie gewohnt auf Psalm 91.

Die Bibel öffnete sich wie üblich von selbst an dieser Stelle. Sie las zuerst die vertrauten Verse. Jeder einzelne erinnerte sie an ein bestimmtes Erlebnis. Aber das Vergangene war vorbei. Roby mußte ein Wort für heute und morgen haben. Wie ging es nun weiter?

Gespannt las sie eine Zeile weiter den nächsten Vers: »Ob tausend fallen zu deiner Seite und zehntausend zu deiner Rechten, so wird es doch dich nicht treffen.«

»So wird es doch dich nicht treffen«, wiederholte Roby leise. »Ist es möglich, daß Gott so gut Bescheid weiß?« Das war ein Wunder. Gott wußte, daß Roby vom Trapez fallen könnte, aber er würde es nicht zulassen.

Sie klappte ihre Bibel zu und betete: »Ich sehe, daß du alles weißt, großer Vater. Ich bin so froh, daß du dafür sorgst, daß ich nicht fallen werde. Ich glaube, es genügt, wenn du Bescheid weißt. Dann brauche ich Vati nichts davon zu sagen, weil er sonst wieder Angstträume bekäme. Dann würde er vielleicht nicht gesund werden. Ich brauche dich sehr, mein Vater im Himmel. Laß mich bitte nie allein! Amen.«

Nun war es wieder da, das ganz bestimmte Wissen, daß ER selbst da war. ER hatte Roby nicht verlassen. Sie war noch immer unter seinem Schirm. Und darum konnte sie nach diesem aufregenden Tag friedlich im Schatten seiner Flügel einschlafen.

9. Robertos Sonnenschein verliert den Glanz

Nun hing in Robys Zimmer neben dem Stundenplan für die Schule noch ein Trainingsplan. Die schulfreien Nachmittage waren nun ausgefüllt. Ja, Nico hatte es einzurichten verstanden, in jeden Tag noch eine Trainingsstunde hineinzupressen. Wehe, wenn sie nicht genau eingehalten wurde.

Roby sah keine Möglichkeit, sich aus Nicos Vorhaben herauszuhalten. »Du bist jetzt alt genug, um etwas zu leisten«, hatte er zu ihr gesagt. »Was du lernen mußt, werde ich dir beibringen!«

»Aber . . .«, begann Roby zaghaft einzuwenden, jedoch Nico schnitt ihr gleich jedes weitere Wort ab.

»Keine Widerrede, verstanden! Du tust, was ich dir sage; später wirst du einmal froh sein darüber.«

Im Moment war Roby keineswegs froh, das konnte man gut sehen. Ein richtiger Trotz begann in ihrem Herzen zu wachsen. Sie nahm sich im stillen vor, sich alle Mühe zu geben, ja nicht zu begreifen, was Nico ihr beibringen wollte.

Er spürte ihren Widerstand sofort und machte sich daran, ihn zu brechen. Vorläufig verlangte er zwar nichts Schweres von ihr. Sie mußte einfach am niederen Trapez hin- und herschwingen. Das sah ja so kinderleicht aus.

So ein bißchen Hin- und Herschwingen zum Zeitvertreib mochte sogar lustig sein. Aber schwingen und schwingen, ohne aufhören zu dürfen, wenn man genug hatte, war eine ganz andere Sache.

»Du hast viel zu schwache Arme«, war Nicos Kommentar, »aber wir werden sie schon hinkriegen!«

Dafür mußte sie nun schwingen und schwingen und nochmals schwingen, bis ihre Hände sich kaum noch halten konnten und ihre Arme wehtaten. Wenn sie anhielt, brüllte

Nico sofort: »Weitermachen!« Das ging durch Mark und Bein. Roby schwang weiter und weiter. Nico ließ sie meistens erst aufhören, wenn ihr die Tränen übers Gesicht liefen.

»Baby!« knurrte er dann verächtlich und ließ sie für ein paar Minuten in Ruhe, während er selbst mit spielerischer Leichtigkeit seine Übungen am hohen Trapez machte.

Danach mußte sie wieder weiterschwingen.

»Man muß immer über seine Grenzen hinausgehen, sonst erreicht man nichts.« Das war seine Erklärung. Roby konnte sie zwar nicht verstehen, für sie war es reine Quälerei.

Ist es da erstaunlich, daß Roby begann, die freien Nachmittage zu hassen, obwohl sie ja auch die Schule nicht sonderlich liebte? Oft schaute sie sehnsüchtig hinüber zu den Pferdeställen. Mit Boris ausreiten? Davon war keine Rede mehr. Ihre Arme schmerzten so sehr, daß ihr sogar die Lust vergangen war, die Zügel zu halten.

Stani hatte längst gemerkt, was da gespielt wurde. Er machte ein finsteres Gesicht dazu, mischte sich aber nicht ein. Es hätte ihn ja seine Stelle kosten können.

Nico ließ Roby nicht in Ruhe: schmerzende Arme interessierten ihn nicht. Er merkte auch immer gleich, wenn sie sich absichtlich dumm anstellte und tat, als würde sie nichts begreifen. Dann konnte er so jähzornig werden, daß sie sich lieber wieder fügte. Sie hatte längst gemerkt, daß Nico nichts anderes im Sinn hatte, als sie zur Nachfolgerin ihrer verstorbenen Mutter heranzubilden.

Roby wollte nicht Trapezkünstlerin werden, und Roberto wollte das auch nicht. Nur wußte er ja von allem nichts und Robys Trotz hatte auch keinen Sinn. Es reizte Nico nur zum Zorn, und dann quälte er sie um so mehr.

Einmal war es besonders schlimm. Roby weinte und Nico

schrie. Da erschien plötzlich Stani und begann Nico in seiner Muttersprache zu beschimpfen. Stani tobte und Nico nicht weniger. Beide waren so wütend, daß Roby sich fürchtete.

Kein Wunder, daß es in ihrem Herzen nicht mehr so schön aussah! Groll, Trotz und Furcht machten sich darin breit. Das war sogar auf ihrem Gesicht abzulesen. Der Lehrer merkte die Veränderung, Tante Elena, Stani, alle konnten es sehen. Wie gut, daß Roberto sie nicht sah, er hätte sich Sorgen gemacht.

Roby hatte ihm bisher nie etwas von ihrem Training geschrieben. Sie hielt sich an das, was sie an jenem Abend mit Gott besprochen hatte. Sie fürchtete sich auch nicht mehr vor dem Fallen. Sie vertraute Gottes Zusage, daß er sie davor bewahren würde.

Mit der Zeit schmerzten auch die Arme nicht mehr so. Dafür kamen als nächstes die Beine dran. Schwingen an den Händen, dann an den Knien hängend. Zuletzt nur an den Füßen, und das alles in ständigem Wechsel. Ohne es eigentlich zu wollen, machte Roby doch Fortschritte. Sie konnte mit der Zeit, ohne den Rhythmus des Schwingens zu unterbrechen, sich mit den Armen auf den Bügel hinaufstemmen und darauf stehend weiterschwingen.

Aber Nico war nicht zufrieden. Auf jeden Fortschritt folgte eine neue Forderung. Er hatte zwar nie eine Peitsche bei sich, aber Roby mußte doch manchmal an einen Sklaventreiber denken. Sie fühlte sich so, als sei dauernd jemand mit der Peitsche hinter ihr her.

Da machte sie eines Tages eine Entdeckung. Es war, als sie endlich wieder einmal ihre Bibel zur Hand nahm. Müdigkeit, Groll und Ärger hatten ihr nämlich schon länger die Freude am Bibellesen genommen.

Nun aber hatte sie einen Brief von Vater bekommen. Er schrieb:

Meine liebe Roby,

ich kann Dir gar nicht sagen, wie sehr Du mir fehlst. Wie gerne möchte ich wieder einmal Dein lachendes Gesicht sehen. Du bist ja mein Sonnenschein. Auch den vielen Kranken hier würde jemand wie Du gut tun.

Nicht wahr, meine liebe Roby, Du bleibst ganz dicht im Schatten des Allmächtigen! Hörst Du täglich auf Gott?

Als Roby das las, bekam sie mächtig Heimweh nach ihrem Vater. Oh, wenn er wüßte! Seinetwegen nahm sie die Bibel hervor und las mechanisch wieder dieselben Verse aus Psalm 91. Sie gab sich gar keine Mühe, etwas anderes zu suchen.

Da entdeckte sie den achten Vers. Er heißt so: »Ja, du wirst mit deinen Augen deine Lust sehen und schauen, wie den Gottlosen vergolten wird.«

Sie las den Vers nochmals, und immer wieder. Da begann ein gefährliches Feuerchen in ihrem Herzen zu brennen. Ha, sie würde sehen, wie Nico alles heimgezahlt wurde! Und dann würde sie sich darüber freuen! Ja, er hatte sie genug geplagt. Aber jetzt wußte sie, daß er das nicht ungestraft tun konnte. Er würde die Rechnung dafür bekommen, und zwar von Gott persönlich.

»Daß die anderen Verse wahr sind«, überlegte sie, »das habe ich wirklich erlebt. Und wenn die anderen wahr sind, dann muß auch dieser wahr sein. Mach nur weiter, Nico, du bekommst deine Strafe schon!«

In Robys Erinnerung kam nun alles wieder zum Vorschein, was Nico ihr angetan hatte, und vor lauter Rachegedanken vergaß sie zu beten.

In ihrem nächsten Brief an Vater schrieb Roby zwar wieder nicht die ganze Wahrheit, aber eine kleine Andeutung konnte sie doch nicht unterdrücken. Sie schrieb:

Lieber Vater,

ich danke Dir für den Brief. Du hast so schön geschrieben, daß ich dadurch Sehnsucht nach Dir bekommen habe. Hier ist auch niemand so wie Du. In dieser Schule hat es mehr Buben als Mädchen. Die Mädchen und ich müssen lernen, Socken zu stricken. Tante Elena hat viel zu tun. Lisa ist eine gute Köchin. Sie kann gute Kuchen backen. Mari war einmal krank. Der Tierarzt ist gekommen, dann ist es wieder besser geworden. Stani wurde einmal sehr wütend. Da konnte er nur noch Polnisch sprechen. Nico war schuld. Ich liebe Nico nicht, er ist ein Gottloser.

Bist Du noch nicht gesund? Komm bald heim, dann geht es mir wieder gut.

Tausend Küße von Deiner Roby.

Schon nach einigen Tagen bekam Roby Antwort. Wie gut, daß wenigstens Vaters blaue Bibel keine Ferien hatte. Diese Antwort konnte nämlich nur aus ihr stammen.

10. Die Vergeltung

Vaters Briefe lagen beim Mittagstisch jeweils auf Robys Teller. Auch heute war einer da. Sie nahm ihn, steckte ihn in ihre Tasche und wartete geduldig, bis das Essen vorüber war. Sie wollte allein sein, wenn sie den Brief las.

Vater schrieb:

Liebes Robykind,

hab Dank für Deinen Brief. Es ist mir darin besonders der Satz aufgefallen: »Ich liebe Nico nicht. Er ist ein Gottloser.« Niemand kann Dir befehlen, Nico liebzuhaben. Aber Du mußt wissen, Gott liebt ihn. Ob er ein Gottloser ist, das weiß ich nicht. Ich weiß nur, daß Nico ein unglücklicher Mensch ist und daß Gott gerade für solche Menschen wie Nico Jesus zu uns geschickt hat. Versuche einmal darüber nachzudenken.

Roberto schrieb noch anderes. Seine Briefe waren selten weniger als zwei Seiten lang. Aber das war das Wichtigste.

In Robys Kopf herrschte ein richtiges Durcheinander. Das, was sie erwartete, war nicht im Sinn von Vaters Brief. Und doch, den Gedanken der Vergeltung hatte sie ja in der Bibel gefunden, darum konnte er nicht falsch sein.

Wenn es wieder losging in der Scheune, oder gar fast unerträglich wurde, dachte Roby nur: »Warte Nico, dir wird das alles einmal vergolten!« Im Moment tat es ihr gut, ihm Schlechtes zu wünschen. Oft jedoch, wenn sie wieder so dachte, hörte sie inwendig Vater sagen: »Vergiß nicht, Roby, Gott liebt Nico.« Wie paßte das zusammen? Was war nun wahr? Ach, hätte sie doch mit Roberto darüber sprechen können!

Sie mußte immer schwerere Übungen machen. Je schwerer die Übungen, um so unbarmherziger trieb sie Nico an.

Roby wartete ständig darauf, daß er irgendwie bestraft würde. Aber nichts dergleichen geschah. Nico gelang einfach alles. Roby wünschte ihm ja nicht gerade einen Sturz. Nein, das gewiß nicht! Er sollte nur einmal so richtig durch den Dreck gezogen werden, das hätte sie ihm von Herzen gegönnt. Oder vielleicht einen Beinbruch! Das war ja nicht lebensgefährlich. Und sie hätte dann eine Weile Ruhe gehabt.

Aber einstweilen sah es so aus, als hätte Roby die ganze Rechnung zu bezahlen. Von Ruhe keine Spur.

»Schwingen, hopp zwei, drei. Überschlag, Achtung, jetzt! Hängen, eins, zwei, drei. Bügel fassen! Nein, nicht vorne, du weißt es ganz genau! Ständig muß man dir dasselbe sagen! Los, die Arme hinter dem Rücken hinauf! Du willst wieder nicht? Fang von vorne an! Los, schwingen, hopp zwei, drei . . ., wie ein Frosch, mehr Schwung jetzt!«

So ging es die ganze Zeit. Aufhören durfte Roby immer erst, wenn Nico wirklich sah, daß sie nicht mehr konnte. Oft lag sie danach einfach eine Zeitlang auf der Gummimatte und mochte kein Glied mehr rühren. Nico beachtete sie dann gar nicht und trainierte für sich weiter.

Eines Tages bekam Vater Roberto wieder einen komischen Brief von Roby. Eine seltsame Frage stand darin:

»Lieber Vati, kannst Du mir sagen, wie Gott das macht: den Gottlosen vergelten?«

Roberto war besorgt. Da stimmte irgend etwas nicht. Wie kam sein Kind zu solchen Fragen? Hatte sie nicht schon einmal Nico einen Gottlosen genannt? Roberto bewahrte Robys Briefe auf. Er las den früheren wieder durch und schüttelte den Kopf. War etwas mit Nico nicht in Ordnung? Warum konnte Roby nicht klarer schreiben?

Wie gerne wäre Roberto nachsehen gegangen, aber das ging auf keinen Fall. Er durfte die Klinik noch nicht verlassen, obwohl er den Tag sehnlichst herbeiwünschte und Gott darum bat. Es bestand immer noch die Gefahr, daß er andere ansteckte.

So versuchte er durch ein Telefongespräch mit Tante Elena mehr zu erfahren. Er kam dabei allerdings nicht weiter. Sie antwortete nur ausweichend.

Ja, Roby gehe es gut. Sie sei sehr gewachsen. Der Lehrer sei mit ihr zufrieden. Nico? Nein, mit Nico sei nichts besonderes. Er trainiere wie verrückt. Sonst sei alles normal. Er solle sich nur keine Sorgen machen und schnell gesund werden. Der Zirkus könne nicht auf ihn verzichten.

Roberto war nur halb beruhigt. Es blieb ihm nichts anderes übrig, als seine Sorgen Gott zu übergeben. Er selbst konnte nichts anderes tun, als mehr denn je für Roby zu beten.

Dann schrieb er ihr diesen Brief:

Meine liebe Roby,

Du hast mir eine ganz schwierige Frage gestellt. Aber ich glaube dennoch, daß Du die Antwort gut selber finden kannst.

Wenn Du wissen willst, wie Gott handelt, mußt Du auf Jesus schauen. Er tut immer, was sein Vater will.

Schau Jesus an, dann weißt Du, wie er den Gottlosen vergolten hat. Das ist alles, was ich Dir antworten kann.

Roby war enttäuscht. Vater gab ihr neue Rätsel auf, anstatt zu antworten. Aber sie wollte sie lösen, ja, das wollte sie. Sie fing an nachzudenken und alles hervorzuholen, was sie über Jesus wußte:

Oh, Jesus war mächtig! Er konnte auf dem Wasser gehen. Er konnte in den Sturm rufen: »Schweig still!« Und der Sturm hörte auf. Er konnte sagen: »Werft die Netze aus!« Und dann gingen die Fische in die Netze, daß sie voll wurden. Zu einem Mädchen, das schon gestorben war, sagte er: »Steh auf!« und es wurde wieder lebendig und stand auf.

Noch vieles wußte Roby von Jesus. Aber was macht Jesus, wenn es ihm so geht, wie ihr? Was macht Jesus, wenn er hin und her gejagt wird, wenn man ihm keine Ruhe läßt, wenn man ihn plagt? Das war es, was Roby wissen mußte, und es gab nur einen Weg, dahinterzukommen: die Bibel lesen!

Wo sollte sie nur damit anfangen? Sie suchte die Seite, auf der steht: Das Neue Testament. Sie wußte, daß dort die Geschichte von Jesus beginnt. Unentschlossen blätterte sie darin. Schließlich fing sie bei Lukas zu lesen an, weil der Name Lukas ihr gefiel. Sie hatte einen Schulkameraden, der so hieß. Den mochte sie gern.

Von nun an las Roby, so oft sie konnte. Sie hatte nicht viel freie Zeit und kam nur langsam voran. Sie stieß auf die Weihnachtsgeschichte und solche, die sie schon kannte. Was sie nicht verstand, ließ sie aus.

Doch was sie suchte, fand sie lange nicht. Fast hätte sie aufgegeben. Da kam sie endlich auf eine heiße Spur. Sie las die Geschichte, wo Jesus wie ein Verbrecher verhaftet wurde. Er ließ es geschehen, und seine Leute unternahmen auch nichts dagegen. Nur einer der Jünger fragte: »Herr, sollen wir mit dem Schwert dreinschlagen?« Er wartete gar nicht auf Antwort und schlug sogleich einem der Soldaten ein Ohr ab.

Was aber tat nun Jesus? Er machte das Ohr wieder ganz und ließ sich fesseln und wegführen. Er sagte sogar: »Laßt sie doch machen.«

Wie seltsam! Hatte denn Jesus plötzlich seine Macht verloren? Schade! Gerade bei dieser Stelle der Geschichte mußte Roby aufhören, weil es höchste Zeit war, zur Schule zu gehen. Ausgerechnet jetzt, wo sie der Antwort näherkam! Sie konnte in der Schule gar nicht richtig aufpassen und machte im Rechnen noch mehr Fehler als sonst.

Am Nachmittag hatte sie wie üblich in der Scheune anzutreten. Nico ließ ihr nicht den kleinsten Fehler durch. Sie machte aber einen nach dem andern und wurde darum auch ständig angebrüllt. Müde erschien sie beim Nachtessen. Sie hatte keinen Hunger. Tante Elena war besorgt.

»Du mußt essen, Roby! Ich möchte dich nicht in schlechter Verfassung deinem Vater zurückgeben. Warte, ich hole dir ein bißchen Honig, das stärkt.« Tante Elena meinte es gut, und Roby aß ihr zuliebe doch etwas.

In ihrem Zimmer wollte sie die angefangene Geschichte fertig lesen. Aber sie nahm ihren Sinn nicht mehr auf und schlief über dem Lesen ein.

Am Morgen war sie wieder frisch. Nun wollte sie wissen, wie die Geschichte weiterging. Jesus war nun also in den Händen der Gottlosen. Aber Jesus war natürlich anders als Roby. Sie konnte sich nicht gegen Nico zur Wehr setzen, aber für Jesus waren Soldaten bestimmt kein Problem. Er, der sogar dem Sturm befehlen konnte! Daß er sich überhaupt hatte fangen lassen. Aber es kam noch ärger, viel ärger. Robys Plackerei in der Scheune war ein Kinderspiel gegen das, was Jesus nun mit sich geschehen ließ. Sie wurde ja nicht geschlagen; er aber wurde ins Gesicht geschlagen, verhöhnt, gegeißelt, angespien. Er wurde von einem zum andern gezerrt, es war fast unerträglich. Wie lange wartete er mit der Vergeltung?

Roby hatte es zwar längst gewußt, daß Jesus für uns gekreuzigt wurde. Aber als sie jetzt alles genau las, war es ihr doch neu. Eigentlich war sie ein bißchen von Jesus enttäuscht. Er hätte den Menschen doch zeigen können, wer er war. Anstatt eines Machtbeweises von Jesus fand sie aber nur die Worte: »Und als sie kamen an die Stätte, die da heißt

Schädelstätte, kreuzigten sie ihn . . . Jesus aber sprach: »Vater vergib ihnen, denn sie wissen nicht, was sie tun.« Darauf kam weiter Spott und Hohn, und dann starb er.

Jetzt aber – Roby hielt den Atem an – jetzt kam etwas Eigenartiges. Da stand geschrieben: »Da aber der Hauptmann sah, was da geschah, pries er Gott . . .«

Da hatte wahrhaftig einer etwas gesehen, wofür er Gott preisen mußte! Was denn nur?

Roby begann wieder von vorn. Warum pries der Hauptmann Gott? Hatte er nicht mitgeholfen, Jesus zu kreuzigen? Er gehörte auch zu denen, für die Jesus betete: »Vater, vergib ihnen, denn sie wissen nicht, was sie tun.« Mußte er darum Gott preisen?

Diese Fragen bewegten Roby tagelang. Sie las immer wieder neu die Geschichte durch und schrieb schließlich an Roberto:

Lieber Vati,

Du hast mir geschrieben, daß ich bei Jesus sehen kann, wie Gott den Gottlosen vergilt. Ich habe es gefunden. Jesus *vergilt* nicht, er *vergibt*! Ist das die richtige Antwort?

Roby wartete gespannt auf Vaters nächsten Brief. Er kam und machte sie froh. Da ist er:

Mein lieber Schatzgräber!

Du hast einen ganz großen Fund gemacht! Du hast ein Geschenk bekommen, das Gott selbst Dir gegeben hat. Ich kann nicht genug dafür danken. Ja, das ist die richtige Antwort: Er vergilt nicht, er vergibt. Er ist nicht gekommen um zu vergelten, sondern um die Strafe selbst zu tragen. Hast Du gemerkt: Jesus hat den Menschen viel geschenkt, aber sein größtes Geschenk ist die Vergebung der Sünden. Es gibt viele, viele Menschen, die das nicht sehen. Aber du, mein Kind, Du hast es begriffen! Da kann ich Gott nur loben und ihm danken.

In großer Liebe, Dein Vater.

Ja, Roby freute sich über Vaters Brief. Aber so ganz begriffen, wie er meinte, hatte sie es noch nicht. Das kam erst nach einiger Zeit.

Inzwischen ging das Training mit Nico weiter und wurde sogar noch härter, viel zu hart für ein Mädchen, das noch ein Kind war. Roby wartete nicht mehr darauf, daß Nico bestraft werde. Aber etwas merkte sie ganz genau: Wenn er sie plagte, sie verspottete und anschrie, gab es für sie zwei Möglichkeiten: Die eine war, ihn zu hassen und heimlich zu wünschen, ein Balken möge ihn treffen und für einige Zeit krank machen. Dies war der leichtere Weg. Es war hingegen viel schwerer, zu vergeben.

Vergeben hieß, das Böse zu vergessen und Nico trotzdem zu lieben. Das fand Roby ganz allein heraus. Und so begriff sie, daß Jesu größtes Geschenk wirklich die Vergebung der Sünden ist. Da begann Roby, für Nico zu beten.

11. Ein Gewitter naht

Nun war schon tiefer Winter. Es war kalt in der Scheune, und Roby mußte zum Training einen Pullover anziehen. Nico sorgte zwar auch dafür, daß ihr warm wurde.

Die beiden übten nun oft gemeinsam. Roby mußte lernen, ihre Übungen im selben Rhythmus zu machen wie Nico. Das war keine leichte Sache für sie. Nico konnte alles scheinbar mühelos. Er beherrschte seinen Körper so wunderbar; bei ihm ging alles fließend.

Roby dagegen mußte sich abmühen. Immer wieder hieß es, von vorne anfangen, immer wiederholen und nochmals wiederholen. Es war zum Davonlaufen!

Zum Davonlaufen? Ja, gerade das tat Roby eines Tages. Es war ein trüber Nachmittag. Schon in der Schule war alles danebengegangen. Die schlechte Note in der Rechenarbeit hatte ihr nicht gerade Mut gemacht. Roby hoffte fest, zu Hause einen Brief von Vater vorzufinden. Aber auch darin wurde sie enttäuscht. Mißmutig machte sie nach dem Essen ihre Schulaufgaben, und noch mißmutiger ging sie danach zur Scheune hinüber, wo Nico schon bereit war.

Er war im Unterschied zu Roby voll Energie und begann gleich vorzumachen, was er von ihr erwartete.

»Los, jetzt zusammen! Eins, zwei, drei, vier. He, was ist los mit dir? Nimm dich gefälligst zusammen! Nochmals! Eins, zwei, drei . . . Stop! Schon wieder nichts! Von vorn beginnen!«

Beim dritten Versuch hätte es eigentlich klappen sollen, aber es klappte eben nicht.

»Soll er doch schreien«, dachte Roby, »wenn nur der Nachmittag bald vorbei ist.«

Aber Nico ging es nicht darum, die Zeit totzuschlagen. Er

wollte vorwärtskommen. Sie fingen wieder von vorn an. Zuerst ging es ganz gut, dann ließ Robys Konzentration allmählich nach, und sie fiel wieder aus dem Rhythmus. Nico lief rot an. Eine Reihe von Schimpfwörtern entfuhren ihm. »Damit du es weißt«, schrie er, »wir hören nicht auf zu üben, bevor du es kannst!«

»Dann eben weiter«, dachte Roby, aber sie war dem Weinen nahe. Es ging nicht lange bis zum nächsten Fehler, und da wartete Roby gar nicht erst Nicos Wutausbruch ab.

Sie ließ sich auf die Gummimatte hinuntergleiten, ergriff ihre Jacke und lief davon. Sie rannte hinüber ins Haus und hinauf in ihr Zimmer und kauerte sich auf ein Sitzkissen in eine Ecke. Sie rührte sich nicht. Was würde nun kommen?

Sie hörte nur zu gut, was kam. Unten knallte die Haustür ins Schloß und mit hastigen Schritten nahte das Gewitter. Schon flog ihre Zimmertüre auf, und da stand er, Donner und Blitz in einer Person.

»Ha, ha, da hockt sie. Sieh mal an, da hockt sie, das Engelchen, die Wattepuppe, das Zuckerbaby! Will nichts leisten, ha, mit Puppen spielt sie!«

Außer sich vor Wut packte er ihren Stoffclown und schleuderte ihn zu Roby hinüber. Er plumpste schlaff neben ihr zu Boden. Roby bewegte sich nicht. Nico blickte wild umher auf der Suche nach einem anderen Gegenstand, an dem er seinen Zorn auslassen konnte. Da, Robys rote Bibel lag auf ihrem Kopfkissen. Höhnisch hielt er sie in der ausgestreckten Hand und schrie:

»Nichts kann sie, nichts als Bibellesen wie alte Weiber! Bibellesen und mit Puppen spielen! Du liebe Zeit, kann nicht bis fünf zählen und liest in der Bibel! Nichtsnutz, elender!«

Nico fuchtelte mit der roten Bibel vor Robys Nase herum. »Holst dir deine Dummheit wohl hieraus, was?«

Nun stellte er sich mitten im Zimmer in Pose, als hätte er ein Publikum vor sich. Er wollte die Bibel öffnen, aber sie war schon von selbst an einer bestimmten Stellen aufgegangen. »Nun hör mal einer an«, kreischte er, »hör mal einer an, was die da liest: ›Wer unter dem Schirm des Höchsten sitzt und unter dem Schatten des Allmächtigen bleibt . . .‹ Ha, ha, ha, da sitzt sie im Schatten und träumt, die Bibelleserin, der Engel!«

Tante Elena war, durch den Lärm aufgescheucht, herbeigesprungen, und Lisa, die Köchin, streckte den Kopf aus der Küchentür. Aber Nico sah so schrecklich aus in seinem Zorn, wie er dastand, mit der Bibel in der Hand, und spottend die Psalmworte schrie. Alle waren wie gelähmt.

Nur Nico brüllte weiter:

»Wer unter dem Schirm des Höchsten sitzt und unter dem Schatten des Allmächtigen bleibt, der spricht zu dem Herrn: Meine Zuversicht und meine Burg, mein Gott auf den ich hoffe. Denn er errettet dich vom Strick des Jägers und von der schädlichen Pestilenz. Er wird dich mit seinen Fittichen decken, und deine Zuversicht wird sein unter seinen Flügeln. Seine Wahrheit ist Schirm und Schild, daß du nicht erschrecken mußt vor dem Grauen der Nacht, vor den Pfeilen, die des Tages fliegen, vor der Pestilenz, die im Finstern schleicht, vor der Seuche, die im Mittage verderbt. Ob tausend fallen zu deiner Seite und zehntausend zu deiner Rechten, so wird es doch dich nicht treffen. Ja, du wirst mit deinen Augen deine Lust sehen und schauen, wie den Gottlosen vergolten wird . . .«

Roby schaute auf. Nicos Stimme war auf einmal merklich leiser geworden. Aber noch las er weiter.

»Denn der Herr ist deine Zuversicht, der Höchste ist deine Zuflucht, und keine Plage wird zu deiner Hütte sich

nahen, denn er hat . . . seinen Engeln befohlen . . .« Stille
– nichts als unheimliche Stille.

Nico saß auf Robys Bett, den Kopf auf die Hände gestützt, die Bibel vor sich auf den Knien. Roby hörte, wie sich leise die Küchentür schloß. Auch Tante Elena war nicht mehr da.

Zusammengesunken saß Nico auf dem Bett und starrte zu Boden, es sah aus, als würde etwas schwer auf seiner Schulter liegen.

Roby wußte plötzlich, was es war. Sie wußte es so klar, als sähe sie es. Es war die Hand Gottes. Er hatte Nico berührt. Der Heilige Geist hatte durch Gottes Wort zu ihm gesprochen. Beide, Nico und Roby, saßen erschüttert da in Gottes Gegenwart. Sie war so wirklich, beinahe greifbar.

Nach langer Zeit stand Roby leise auf. Sie ging zu Nico und tippte mit ihrem Zeigefinger an seine Schulter. Leise sagte sie: »Du, ich *will* jetzt üben.«

Nico hob den Kopf und sah sie ganz abwesend an. Er sagte nur: »Morgen.«

»Gibst Du mir meine Bibel wieder?« fragte sie.

»Morgen«, gab er nochmals zur Antwort. Dann stand er auf und verließ Robys Zimmer mit der Bibel in der Hand. Leise zog er die Tür hinter sich zu.

Roby hob ihren Clown vom Boden auf, drückte ihn an sich und legte sich auf ihr Bett. Sie hatte soeben Gottes Wirken erlebt. Nun wollte sie ganz still sein und ihn nicht dabei stören.

Als Tante Elena später kam, um nach Roby zu sehen, lag sie immer noch auf ihrem Bett. Sie war eingeschlafen. Auf ihrem Gesicht lag ein feines Lächeln.

»So sieht sie doch fast wie ein Engel aus«, mußte Elena denken und rief:

»Steh auf, Roby, komm zum Essen!«

Verwundert schaute Roby umher und rieb sich die Augen.

»Essen, Roby!« wiederholte Tante Elena.

»Ich hab keinen Hunger.« Erst jetzt schien Roby richtig zu erwachen.

»Es gibt aber Apfelküchlein!« Oh, jetzt war die Schläferin schnell auf den Beinen. Sie fuhr sich rasch mit der Bürste durch die Haare, schlüpfte in ihre Hausschuhe und folgte Tante Elena ins Eßzimmer.

In Robys Augen war ein Leuchten. Elena sah während des Essens immer wieder zu ihr hinüber. »Was doch Apfelküchlein ausrichten können!« verwunderte sie sich.

Nicos Platz war leer. Das war jedoch nichts besonderes. Er fehlte oft bei den Mahlzeiten.

An diesem Abend spielten Roby und Stani zusammen Schach. Beide gewannen eine Partie, und so war für Roby die Welt wieder im Gleichgewicht. Sie schlief gut und tief nach diesem erlebnisreichen Tag.

12. Der freie Nachmittag

Am nächsten Morgen war die Schule voll Abwechslung. Einmal kein Rechnen! Dafür Turnen, Naturkunde, Handarbeiten. Auch Roby hatte nun die lästigen Socken fertig. Sie freute sich auf die neue Arbeit. Sie durften ein Kissen sticken. Roby wollte es besonders schön machen und ihrem Vater bei seiner Rückkehr schenken. Ob wohl heute ein Brief von ihm kommen würde? Roby hoffte es sehr.

Sie hatte dunkelblauen Stoff gewählt für Vaters Kissen und stickte nun mit weißem Garn die schönsten Stichreihen darauf.

Der Vormittag verging viel schneller als beim Stricken. Die Lehrerin mußte nicht so oft nachhelfen.

Roby dachte erst wieder an Nico, als sie nach Hause kam. Sie schaute kurz hinüber zu den Garagen. Nicos Auto war weg. Dann würde er wohl wieder beim Essen fehlen!

Roby ging schnell hinaus in ihr Zimmer, um die Schulsachen abzulegen. Da sah sie etwas auf ihrer Bettdecke liegen. Nein, es war wieder kein Brief von Vater. Ihre rote Bibel lag dort, samt einem Zettel, auf welchem stand: »Wir üben heute nicht. Ich habe in der Stadt zu tun. Nico.«

Wie schön, dann würde Roby ja den ganzen Nachmittag frei haben. Das war schon lange nicht mehr vorgekommen. Nico hatte sicher etwas Wichtiges vor, sonst hätte er doch nicht einen ganzen Nachmittag ungenützt verstreichen lassen.

Lisa rief zum Essen. Stani war schon da. Aber was war denn heute für ein besonderer Tag? Er trug nicht seine Arbeitskleider. Auch er schien zum Fortgehen bereit. Schade, Roby hatte schon gehofft, wieder einmal mit ihm ausreiten zu dürfen. Allein ausreiten würde ihr Tante Elena bestimmt nicht erlauben.

Roby beeilte sich beim Essen. Während sie Lisa half, das Geschirr hinauszutragen, unterhielt sich Stani mit Tante Elena. Einmal hörte sie, wie ihr Name genannt wurde. Roby wurde neugierig.

Nun breitete Stani eine Landkarte aus, und Tante Elena half ihm, eine bestimmte Ortschaft zu suchen. Unschlüssig blieb Roby in der Tür stehen. Da zwinkerte Stani ihr zu.

»Mach dich schön, kleines Fräulein! Du kannst mit mir kommen! Aber ein bißchen schnell!«

Das ließ sich Roby nicht zweimal sagen. Als Stani sein kleines Auto aus der Garage fuhr, war sie schon startbereit. Tante Elena stand am Fenster und winkte. Was sie ihnen nachrief, klang wie: »Ich lasse grüßen!«

»Wen sollen wir grüßen, Stani? Wo fahren wir hin?«

»Fahrt ins Blaue«, war Stanis ganze Antwort. Roby lachte.

»Wir haben ja Nebel, wie willst du da ins Blaue fahren?«

»Macht nichts, wir fahren, bis die Sonne kommt!« Gutgelaunt begann Stani zu pfeifen. Bei einer Konditorei hielt er an und kaufte eine Schachtel Pralinen.

»Jetzt weiß ich, was du im Sinn hast!« kicherte Roby.

»So, was denn?« – »Du hast eine Freundin, stimmt's?«

»Ja, hab ich.«

»Du gehst also deine Freundin besuchen?«

»Nicht nötig, die sitzt schon in meinem Auto.« Aus Stani war nichts herauszubringen. Er lachte wie ein Maikäfer. Es gefiel ihm, Roby ein wenig zappeln zu lassen.

»Stani, für wen hast du denn die Pralinen gekauft?«

»Notvorrat. Wir könnten schließlich steckenbleiben.« Stani gab sein Geheimnis nicht preis.

Inzwischen hatten sie die Stadt durchquert und die Autobahn erreicht. Stani mußte sich konzentrieren. Er fuhr sehr schnell. Roby fand es herrlich. Sie hätte immerzu so weiterfahren wollen. Nach einiger Zeit nahm Stani das Gas zurück. Langsam bog er in eine Ausfahrt ein.

Nun begann die Straße anzusteigen. Immer höher kamen sie, und plötzlich schien ihnen die Sonne ins Gesicht und blendete sie. Über ihnen wölbte sich strahlend blauer Himmel.

»Oh, wie schön!« staunte Roby.

Sie ließen den Nebel hinter sich, und als sie noch höher stiegen, sahen sie auf ihn hinab, wie auf eine Wattedecke.

»Hab' ich dir nicht gesagt, wir fahren ins Blaue?« triumphierte Stani. »O ja, das hast du gut gemacht«, freute sich Roby.

Weiß hoben sich die Berge vom blauen Himmel ab. Verschneite Tannen säumten die Straße. Es war wie im Märchenland. Die Schneekristalle glitzerten in der Sonne. Da und dort hüpften schwarze Vögel über den Schnee. Roby konnte sich nicht satt sehen.

Da flitzten sie plötzlich an einer Ortstafel vorbei. Roby hatte das Wort darauf nicht mehr richtig lesen können. Sie hatte zu spät hingeschaut. Aber was sie gesehen hatte, war ihr sehr bekannt vorgekommen.

»Stani, wo sind wir?« fragte sie aufgeregt.

»Auf der Straße, siehst du es denn nicht?«

»Aber wie heißt denn das Dorf hier?«

»Warte nur noch ein kleines Stück, wir sind gleich am Ziel«, vertröstete er sie. Die Straße zog sich jetzt einen Hang hinauf. Plötzlich kam ein großes Gebäude mit vielen Fenstern und Balkonen in Sicht. Also doch! Roby hatte sich nicht getäuscht. Der Name auf der Ortstafel war wie der, den sie auf Vaters Briefe schreiben mußte.

Es verschlug ihr fast den Atem. Sie konnte kein Wort

mehr sagen, als Stani den Wagen parkte. Konnte sie wirklich Vater sehen, jetzt gleich? Das war zuviel.

»Was ist? Freust du dich nicht?« fragte Stani besorgt, denn über Robys Backen liefen Tränen.

»O doch, ich freu mich fast zu Tode«, japste sie und lachte und weinte miteinander. Stani war erleichtert. Er drückte ihr die Pralinenschachtel in die Hand.

»Nimm das mit! Wenn man jemand besucht, bringt man ihm etwas! Und jetzt steig aus!« Er schloß den Wagen ab und zusammen betraten sie das große, fremde Haus.

In der Eingangshalle stand er, Roberto. Hatte er auf sie gewartet? Ja, das hatte er.

»O Vati!« Mehr konnte Roby nicht sagen, aber ihre Augen sagten genug. Er strich ihr immer wieder übers Haar und dazwischen schnell über seine eigenen Augen. Dann schüttelte er Stani die Hand und bedankte sich immer wieder dafür, daß er Roby hergebracht habe.

»Hast du denn gewußt, daß wir kommen?« fragte Roby endlich. Nun erzählte Roberto, wie er vor wenigen Tagen den guten Bericht bekommen habe, daß er »negativ« sei. Das bedeute, nicht mehr ansteckend.

Da habe er an Tante Elena geschrieben, daß er nun Besuch haben dürfe und sich sehr nach Roby sehne.

»Sie hat mich heute vormittag angerufen und gesagt, ihr würdet kommen. Ich habe vor Freude nicht essen können.«

»Da haben wir Notvorrat!« platzte Roby heraus und hielt ihm die Pralinen vor die Nase. Stani und Roberto lachten.

Zusammen gingen sie nun in Vaters Zimmer. Es war noch ein anderer Mann da. Er saß an einem Tisch und malte. Er hatte Kärtchen vor sich, die er mit Blumen, Tieren und Landschaften verzierte. Auf einige schrieb er mit schönen Buchstaben »Herzlichen Glückwunsch«, auf andere schrieb er Bibelverse.

Roby staunte. Leise fragte sie Vater: »Glaubt er an Gott?«

Der Mann am Tisch hatte es aber doch gehört und antwortete selbst. »Ja, ich gehöre auch zur Familie.«

»Er ist auch ein Gotteskind«, erklärte Vater, »und darum mein Bruder. Das war für uns beide ein großes Geschenk, daß Gott uns zusammengeführt hat.«

Roby sah auf seinem Nachttisch das Foto einer jungen Frau mit zwei Kindern. Da merkte sie, daß nicht nur sie von ihrem Vater getrennt worden war, sondern noch andere dasselbe erleben mußten.

Roby hielt ständig Vaters Hand. Mitten im Gespräch legte Vater plötzlich den Finger auf den Mund und zeigte stumm zum Fenster hinüber.

Auf dem Fensterbrett saß ein Eichhörnchen und knabberte an einer Nuß. Roby war entzückt.

»Sie besuchen uns jeden Tag«, erzählte Vater, als es weg war. »Ja, du hast mir doch davon geschrieben. Nun habe ich es selbst gesehen«, freute sich Roby.

Sie hatten sich viel zu erzählen. Nur etwas erwähnte Roby mit keinem Wort: ihr Training mit Nico.

Einmal faßte Vater Robys Arm. Er wollte ihr etwas zeigen. Er hatte während seiner Krankheit Tiere geschnitzt. Nun wollte er Roby eins auswählen lassen.

Er legte den Arm um ihre Schultern und führte sie zum Schrank. Da stutzte er. »Du hattest doch vorher nicht solche Muskeln! Woher kommen denn die . . .?«

»Ach, weißt du, Vati, ich turne eben viel«, erklärte Roby fröhlich. »Ja, das merkt man; du hast Arme wie ein Akrobat!« Damit ließ er sie los und öffnete den Schrank.

Roby konnte sich vor Staunen kaum fassen. Da war ein Eselchen und ein steigendes Pferd. Ein Elefant, drei Affen und auf einem Felsblock der Ziegenbock Toni! All die Tiere vom Zirkus! Roby mußte sie alle berühren. Sie war begeistert.

Stani hatte die Szene still beobachtet. Als Roberto sich über Robys Muskeln wunderte, hatte er den Atem angehalten. Jetzt, jetzt würde Roby von Nico sprechen. Jetzt konnte sie alles ihrem Vater klagen, was inzwischen geschehen war! Aber weit gefehlt! Sie sagte kein Wort von Nico. Sie war ganz beschäftigt mit den Tieren und hatte Mühe, sich für eins zu entscheiden. »Nun, wenn sie nichts sagt, schweige ich auch«, dachte Stani.

Roby wählte schlußendlich das Eselchen. Roberto war glücklich, ihr eine Freude machen zu können.

»Ich mache auch etwas für dich«, verriet Roby, »aber ich sag dir nicht, was!«

»Da bin ich aber gespannt«, lachte Vater, »wie groß ist es?«

»Viel größer als das Eselchen!«

»Etwa wie ein Buch?«

»O nein, viel größer!«

»Dann ist es sicher ein Kuchen.«

»Du wirst es nie erraten!« freute sich Roby, »wann kommst du heim?«

»Noch nicht so schnell, mein Schatz. Wenn alles gut geht, vielleicht in zwei Monaten.«

»So lange noch?« fragte Roby enttäuscht.

»Das geht sehr schnell vorbei, und du wirst mich sicher nochmals besuchen, nicht wahr, Stani?« Stani nickte und stand auf. Es war höchste Zeit heimzukehren.

Sie verabschiedeten sich von Vaters Mitpatient. Er schenkte Roby eine seiner Karten. Ein hübsches Eichhörnchen war daraufgemalt und darunter der Vers: Wir wissen aber, daß denen, die Gott lieben, alle Dinge zum Besten dienen.

Roby freute sich und Vater meinte: »Das ist wahr! Auch meine Krankheit muß für etwas gut sein, Gott weiß ja Bescheid.« Er faßte Roby bei der Hand und begleitete die beiden zum Ausgang.

Lange sahen sie ihn noch am Fenster stehen und winken. Stani fuhr nun denselben Weg talwärts. Bald wurde es dunkel. Roby hielt ihre Schätze auf den Knien, das Eselchen und die Karte. In ihrem Herzen hatte sie nun ganz frisch Vaters Bild.

Stani schaute zu ihr hinüber. »Zufrieden?« fragte er.

»O ja, du bist ein Goldstück!«

»Danke, das werde ich mir merken«, lachte er, als er die Autobahnauffahrt nahm.

Es war schon spät, als sie zu Hause ankamen. Aber Lisa hatte fürsorglich das Essen warmgestellt. Beide hatte einen Bärenhunger, und müde waren sie auch. So müde, daß Roby wieder einmal vergaß, die Zähne zu putzen . . .

Jemand kam allerdings noch viel später heim. Roby schlief schon längst, und das war gut.

Sie hörte nicht mehr, daß ein Auto im Hof unten hielt und seine Türen mit einem Knall zugeworfen wurden. Sie hörte auch nicht das Rumpeln in der Werkstatt.

Nur Tante Elena, die über allem ein wachsames Auge hatte, schob den Vorhang ein wenig beseite an ihrem Fenster. Sie beobachtete, wie Nico aus seinem Wagen stieg, den er einfach stehenließ, und mit unsicherem Gang auf seine Tür zuwankte. Sie sah, wie er Mühe hatte, das Schlüsselloch zu finden und hörte, wie er endlich polternd in seinem Wohnwagen verschwand. »Hm, nicht mehr ganz nüchtern«, sagte sie zu sich selbst. Nico trank eigentlich ganz selten.

»Er scheint ein bißchen durcheinander zu sein«, überlegte Elena noch. Dann schlief auch sie ein.

13. Du mußt loslassen!

Am nächsten schulfreien Nachmittag fand Roby keinen Zettel auf ihrem Bett mit dem Hinweis »Heute üben wir nicht«. Sie hatte es auch nicht erwartet. Ja, sie wäre sogar enttäuscht gewesen. Sie wollte nämlich Nico zeigen, daß sie sich jetzt Mühe geben konnte und wollte.

Sie zog sich zur gewohnten Zeit um und ging in die Scheune hinüber. Nico war schon beim Üben. Roby turnte sich warm und wartete auf Nicos Befehle. Aber es kam keiner. Was war denn los?

Roby wartete und wartete. Zuletzt verlor sie die Geduld. »He, Nico«, rief sie hinauf, »ich bin da!« Er brummte etwas und kam dann herunter.

Er ging zum Magnesiabehälter, rieb sich die Hände ein und murrte: »Ich weiß nicht, wie man jemanden trainiert, der unter speziellem Schutz der Obrigkeit steht.«

Roby wußte zuerst nicht, was er meinte. Da kam ihr der Schirm des Höchsten über ihr wieder in den Sinn. Sie lachte.

»Du mußt mir einfach alles zeigen, was ich falsch mache!« Dann fügte sie ernst hinzu: »Der Schirm des Höchsten ist auch über dir!«

»Über mir? Nein, ich bin daneben.«

Damit schwang sich Nico ein und Roby folgte. Es war ein seltsames Üben. Nico schrie diesmal nicht. Er sagte überhaupt nur wenig. Roby versuchte so gut es ging, ihm nachzukommen, bis er rief: »Schluß für heute!« Es sah fast so aus, als wäre ihm nicht ganz wohl in Robys Nähe.

Auch die folgenden Trainingsstunden waren seltsam. Einmal begegnete er Roby mit einer gewissen Scheu, dann war er plötzlich wieder ganz der alte und verlor die Beherrschung. Jedermann konnte es sehen: Nico war nicht glücklich. Warum nur?

Er hätte eigentlich zufrieden sein können. Roby machte rasch Fortschritte. Auch schien sie ihm nichts nachzutragen. Nico brachte ihr immer neue Kunststücke bei. Sie hatten schon eine richtige Show zusammen. Manchmal gelang sie gut, manchmal weniger. Sie übten jetzt oft mit Musik.

Hatte Nico einen schlechten Tag, konnte es geschehen, daß er so laut schreien mußte, um die Musik aus dem Kassettenrecorder zu übertönen, daß man den Lärm bis zu den Pferdeställen hinüber hörte.

Darum sagte Stani eines Abends zu Roby: »Bei euch war wohl heute wieder der Teufel los, was?«

Roby lachte nur. Aber später, als sie allein war, dachte sie an Stanis Worte. Könnte es sein, daß der Teufel wirklich etwas damit zu tun hatte?

Roby wußte nicht viel darüber. Sie erinnerte sich nur an eine Geschichte, die sie gelesen hatte. Als Jesus in der Wüste war, hatte der Teufel versucht, ihn auf seine Seite zu ziehen. Es war ihm aber nicht gelungen.

»Könnte es wohl sein«, überlegte Roby, »daß der Teufel versuchte, auch Nico auf seine Seite zu ziehen?« Aber Gott zog auch, daß wußte Roby.

Lisa hatte ihr nämlich ein Geheimnis anvertraut. Beim Geschirrspülen hatte sie zu Roby gesagt: »Du, Nico hat jetzt auch eine. Ich habe es gesehen, als ich sein Bett frisch beziehen mußte.«

»Eine was?« hatte Roby gefragt.

»Eine Bibel, wie du, aber eine schwarze.«

»Eine schwarze paßt am besten zu Nico. Bei ihm ist alles entweder weiß oder schwarz. Liest du auch in der Bibel, Lisa?«

»Ich? Nein!«

»Warum nicht?«

»Es ist zu schwer für mich, ich bin kein Pfarrer!«

»Aber Gott spricht darin!« bohrte Roby weiter.

»So, spricht er? Wie du das weißt!« Damit hatte Lisa schnell das Thema gewechselt und von den Enten gesprochen, die sie noch rupfen müsse.

Wenn Nico den Wunsch hatte, in der Bibel zu lesen, war das doch ein Zeichen, daß Gott ihn auch zog, nicht wahr? Armer Nico! Darum war er so hin- und hergerissen. Manchmal nahe bei Gott, und dann war eben wieder der Teufel los.

Wie lange würde dieser Kampf wohl noch dauern? Daß der Sieg Gott gehörte, daran zweifelte Roby nicht.

Nicht lange danach passierte Roby ein verhängnisvoller Fehler. Es hätte deswegen zu einem schlimmen Unfall kommen können. Sogar Nico zitterte nachher vor Schreck. Das ging folgendermaßen: Roby schwang an den Beinen hängend hin und her. Am gegenüberliegenden Trapez turnte Nico. Zuletzt hing er nur noch mit den Füßen daran. Sie hatten alles gut durchgesprochen. In einem ganz bestimmten Moment sollte Roby sich zu ihm hinüberschwingen, auf sein Kommando seine Hände ergreifen und ihren Bügel loslassen.

Es schien eigentlich nicht allzu schwer zu sein. Es mußte nur alles ganz genau gemacht werden.

Alles klappte wunderbar, bis Nico rief: »Jetzt!« Da faßte Roby seine Hände ganz richtig, aber – sie ließ mit den Beinen nicht los. Nico, der sich nur mit den Füßen hielt, war wohl bereit, Roby aufzufangen. Er war aber nicht darauf gefaßt, von ihr wieder auf die andere Seite mitgerissen zu werden.

Er verlor seinen Bügel, ließ Roby los und stürzte kopfüber hinunter. Im letzten Augenblick bekam er die Strickleiter zu fassen, und so wurde sein Fall gebremst.

Roby hielt mit den Händen ihren Bügel umklammert. Sie war schneeweiß. Nico stand unten an einen Pfosten gelehnt und zitterte. Roby ließ sich nun langsam an der Strickleiter hinunter. Voll Furcht ging sie zu Nico hinüber. Sie wartete auf ein Donnerwetter, aber es kam nicht. Allmählich zitterte Nico nicht mehr. Er machte sogar einen Versuch, Roby zuzulächeln. Da spürte sie plötzlich, daß sie ihn liebhatte.

Er faßte sie schelmisch am Ohr und sagte: »Hör mal! Du mußt loslassen! Ich halte dich ja fest, sonst bleibst du ewig auf der anderen Seite!«

Roby sah ihn an. Plötzlich lächelte sie. Ihr war etwas durch den Kopf gegangen, aber sie sprach es nicht aus.

»Fangen wir von vorn an!« sagte Nico.

Das taten sie, und diesmal ging es ohne Zwischenfall. Von da klappte es jedesmal. Denn Nico hielt Roby fest, und sie wußte, daß er sie nicht fallenließ.

Der peinlichen Genauigkeit von Nico war es zu verdanken, daß bisher kein eigentlicher Unfall passiert war. Ein Trapezkünstler darf sich keine Nachlässigkeit leisten, sonst wird es gefährlich. Daß Nico keine Fehler duldete, hatte Roby ja mehr als genug erfahren. Ja, sie hatte oft sogar unter seiner Pedanterie gelitten, aber als ihr jener gefährliche Fehler passierte, hatte er ihr keinen Vorwurf gemacht. Roby staunte noch immer darüber.

Nur zu bald kamen die beiden aber wieder in Gefahr. Diesmal, unerwarteterweise, durch eine kleine Nachlässigkeit von Nico.

Dabei geriet er außer sich vor Zorn.

Zuoberst unter dem Dach hing eine Plattform. Sie benutzten sie oft als Ausgangspunkt für ihre Show oder standen am Ende derselben darauf. Man konnte sie mit einem Seil zu Boden lassen oder sie aufziehen, so hoch man wollte. Sie war genauso beweglich wie alle anderen Geräte.

Diese Plattform wurde ihnen beinahe zum Verhängnis. Roby war jetzt so weit, daß sie die Kunststücke, die Nico von ihr verlangte, im großen und ganzen beherrschte. Nun begann aber das Ausfeilen. Sie mußte lernen, sich schön zu bewegen. Die Übungen sollten nicht nur gekonnt sein, sie mußten auch graziös aussehen.

Manchmal spottete Nico: »Da heißt sie Graziella und sieht aus wie ein Frosch!« Wie oft schrie er: »He, Beine geschlossen, Füße nicht so plump, Rücken ganz durchbiegen!«

Nie war er zufrieden. Immer fand er etwas, das noch besser sein mußte. Es war ermüdend.

Ja, müde waren sie beide, als sie an jenem Tag gegen Abend endlich aufhörten. Nico brachte noch die Geräte in Ordnung. Er ließ die Plattform ganz herunter, ordnete dies und das und zog sie wieder ganz hinauf bis unters Dach.

Roby machte auf der Gummimatte noch einige Lockerungsübungen. Nico begann, sich die Turnschuhe anzuziehen.

Da! Plötzlich ein Rasseln! Mit einem Schrei riß Nico Roby zur Seite und sprang weg. Rasselnd sauste die Plattform herunter und schlug krachend am Boden auf, gerade da, wo er vorher gestanden hatte. Nico hatte das Seil nicht genügend gesichert.

Er stand da und fluchte so gräßlich, wie Roby ihn noch nie fluchen gehört hatte. Als ihm die Worte ausgingen, drehte er sich um und hockte sich auf die Gerätekiste. Er sah Roby an und stieß hervor: »Er ist wohl hinter mir her, dein Gott. Er will mich wohl tot haben, was? Ha, fast hättest du nun gesehen, wie dem Gottlosen vergolten wird!«

Das schrie er so, daß Roby war, als würde er mehr als nur

Worte gegen sie schleudern. Sie konnte sich zuerst nicht rühren. Da stöhnte Nico auf und sackte in sich zusammen, wie damals in ihrem Zimmer. Er vergrub den Kopf in seinen Händen.

Roby ging langsam zu ihm hin. Sie wartete zuerst noch, und als er keinen Ton mehr von sich gab, berührte sie ihn vorsichtig. »Nico!« Keine Antwort.

»Nico, hör zu! Gott vergilt nicht, er vergibt!« Nico schwieg. Roby begann nochmals:

»Hörst du, er ver*gilt* nicht, er ver*gibt*! So ist Jesus. Aber du mußt loslassen, Nico! Sonst bleibst du ewig auf der anderen Seite. Gott hält dich schon fest.«

Da blickte Nico auf und sah Roby lange an. Ein kleines Lächeln huschte über sein Gesicht, ein kleines, trauriges Lächeln.

»Geh jetzt!« sagte er nur und Roby ging.

In ihrem Zimmer fiel ihr Blick auf die Karte mit dem Eichhörnchen. »Wir wissen aber, daß denen, die Gott lieben, alle Dinge zum Besten dienen«, las sie. Sie nahm die Karte an sich, rannte damit wieder hinunter zu Nicos Wohnwagen und steckte sie ins Fenster seiner Tür. So konnte er sie nicht übersehen, wenn er hineinging. Schnell rannte Roby wieder davon.

In ihrem Zimmer betete sie: »Vater, zieh Nico doch ganz auf deine Seite. Zeig ihm, daß du ihn liebhast und hilf ihm, daß er dich auch lieben kann.«

Auch an diesem Abend kam Nico nicht zum Essen. Wurde er wohl wieder von starken Mächten hin- und hergerissen? »Gott wird siegen, Gott wird siegen«, sagte sich Roby immer wieder und »half nach« mit Beten:

»Bitte, Herr Jesus, jag den Teufel davon! Du hast es ihm doch schon gezeigt, daß du stärker bist. Bitte, befreie Nico doch bald! Amen.«

14. Nicos schwere Last

Nico befreien? War er denn nicht frei? Freier als Roby, die immer tun mußte, was er wollte?

Nein, Nico war nicht frei, er trug eine Last. Er hatte Schuld auf sich geladen und wußte es. Oder hatte er etwa richtig gehandelt an Roberto?

Nico wußte wohl, wie Roberto früher unter der Angst gelitten hatte, seine Frau durch einen tödlichen Sturz zu verlieren. Nico wußte auch sehr gut, daß er Roby mehr als alles auf der Welt liebte. Und doch hatte Nico Robertos Abwesenheit dazu benutzt, aus Roby genau das zu machen, was ihr Vater so sehr fürchtete, eine Trapezkünstlerin. War das nicht gemein?

Nico sah seine Schuld genau. Sie plagte ihn, und er wäre sie gerne los geworden. Er hätte allein weitermachen und Roby freigeben können. Aber das brachte er auch nicht fertig. Er war nämlich gefangen in seinem Ehrgeiz. Er hatte sich vorgenommen, eine Nummer mit einer Partnerin aufzubauen, die die beste der nächsten Saison werden sollte. Er konnte nicht aufhören, es bedeutete ihm zuviel.

Durch Roby wurde er immer an seine Schuld erinnert. Darum mochte er sie manchmal nicht ansehen. Dann war er gemein zu ihr. Das vergrößerte nur noch seine Schuld.

Was würde Roberto sagen, wenn er wüßte, wie sehr er seine Tochter manchmal geschunden hatte? Zum Glück war er fort.

Seit seiner Begegnung mit der Bibel und mit Robys Psalm wußte Nico aber, daß noch jemand da war, der um alles wußte und genau auf ihn achtgab. Das war ja gerade das Schlimme, daß man sich vor diesem Gott nicht verstecken konnte.

Nico kam es so vor, als wäre dieser Gott immer hinter ihm her und würde ihm seine Schuld vorhalten. Roby hatte gesagt, Gott vergelte nicht, er vergebe. Wenn das wahr wäre? Aber so einfach war das wohl nicht. Und dann Roberto?

Man konnte es drehen wie man wollte, Nico blieb einfach schuldig. Und so machte er eben auf dem angefangenen Weg weiter.

Schon kam der Frühling. Ihre Nummer wurde immer besser.

Aber frei? Nein, Nico war nicht frei. Er litt darunter und Roby auch. Ihre Geduld wurde auf eine harte Probe gestellt. Manchmal fragte sie sich, ob Gott wohl aufgehört habe, Nico zu sich zu ziehen. Man konnte so gar nichts mehr davon merken. Hatte Gott Nico aufgegeben? Das durfte nicht wahr sein! Früher hatte sie Nico fast gehaßt und nun hatte sie solche Angst um ihn.

Jesus benutzt eben Menschen, um Menschen zu lieben. Für Nico gebrauchte er Roby – und noch einen Zweiten . . .

15. Die Abrechnung

Kann man sich vorstellen, wie groß Robertos Freude war, als sein Arzt zu ihm sagte: »Sie haben gute Fortschritte gemacht. Wir sind sehr zufrieden mit ihrem Zustand. Sie müssen zwar noch einige Wochen weiterbehandelt werden, aber wenn sie wollen, dürfen sie von jetzt an übers Wochenende nach Hause fahren.«

Und ob er wollte! Sein Bettnachbar durfte das auch schon seit einiger Zeit. Wie sehr hatte Roberto gehofft, die Erlaubnis dazu auch bald zu bekommen.

Nach der Arztvisite unterhielten sich die beiden lebhaft darüber. Sie freuten sich miteinander, und Herr Hollinger schlug Roberto vor, in seinem Auto mitzufahren. Seine Frau holte ihn immer am Samstagnachmittag ab, und sie hatten ein gutes Stück weit den gleichen Weg. Dankbar sagte Roberto zu und nahm sich zugleich vor, zu Hause niemandem etwas zu sagen. Er wollte Roby überraschen.

Er hatte noch eine Menge zu tun bis Samstag. Für die Kinder von Hollingers wollte er noch ein Kätzchen und einen Hund schnitzen. Für Roby hatte er bereits etwas Schönes gemacht. Es war ein kleiner Clown mit einem großen Schirm.

So kam unter viel Vorfreude der Samstag heran. Die Schwester gab Roberto die nötigen Medikamente und Ermahnungen mit. Dann verabschiedete sich Roberto von den anderen Mitpatienten. Wie leid taten sie ihm jetzt. Er hätte ihnen allen dieselbe Freude gegönnt!

Besonders ein junger Mann wurde sehr traurig, als er ging, und seufzte: »Du hast es aber gut!« Da hatte Roberto eine Blitzidee. »Paß auf«, sagte er, »ich werde dir etwas ganz Schönes mitbringen, wenn ich zurückkomme.«

Der junge Mann lächelte. Was mochte man ihm schon mitbringen, das seine Lage ändern konnte? Aber ein bißchen gespannt war er dennoch.

»Versuch nicht, es zu erraten«, sagte Roberto, »du wirst nie darauf kommen.« Dann drückte er ihm die Hand und ging hinunter in die Eingangshalle, wo Herr Hollinger auf seine Frau wartete.

Bald kam sie, und im Laufe des Nachmittags konnten sie Roberto schon beim Winterquartier aussteigen lassen. Voll Erwartung ging er ins Haus. Es war recht still darin. Wo mochte denn Roby sein? Endlich fand er Elena.

Sie bekam fast einen Schock, als er so plötzlich vor ihr stand. »Wo steckt denn Roby?« fragte er. Etwas zögernd antwortete Elena: »Sie ist in der Scheune bei Nico.«

»Aha, da werde ich sie gleich suchen. Nein, nein, du brauchst nicht mitzukommen, ich weiß ja den Weg.« Schon hatte er kehrtgemacht und war im Begriff, hinüberzugehen.

»Hm, wenn das nur glimpflich abläuft«, murmelte Elena und kratzte sich am Kopf. »Aber Nico hat sich das schließlich selbst eingebrockt, jetzt soll er sehen, wie er sich aus der Sache zieht.« Damit verschwand sie wieder im Büro.

Nico und Roby hatten gerade mit ihrem Programm angefangen. Es war vorgesehen, daß sie nicht unterbrechen würden, damit die Musik nicht abgestellt werden mußte. Beide waren mit voller Konzentration dabei. Das mußten sie ja auch. Keiner durfte durch Unachtsamkeit den anderen gefährden.

Nun ging das Musikstück, das sie begleitete, langsam zu Ende. Bei den letzten Klängen landeten die beiden mit elegantem Schwung hoch oben auf der Plattform. Sie verbeugten sich, obwohl kein Publikum da war. Das gehörte auch dazu.

Da ertönte plötzlich lautes Klatschen, und jemand rief: »Bravo, bravo!«

Roby fuhr der Schreck in die Glieder. Sie mußte sich an Nico halten. Wer stand denn da unten und klatschte? Da strahlte Robys Gesicht plötzlich auf! Sie angelte die Strickleiter herbei und kletterte wie eine Wildkatze nach unten. »Papi, Papi!« schrie sie und hing schon an seinem Hals. Die beiden drückten und küßten sich, lachten und konnten nicht mehr aufhören.

Oben stand Nico wie angewurzelt auf der Plattform. Ihm war beinahe schlecht. Nun würde die Abrechnung kommen, und er war nicht darauf vorbereitet.

Auch er holte die Strickleiter herbei und ließ sich langsam hinunter.

Da stand er nun und wartete auf das Unvermeidliche. Roberto legte den linken Arm um Robys Schulter und ging auf Nico zu. Er griff mit seiner Rechten nach Nicos Hand und sagte: »Grüß Gott, Nico! Du hast unglaublich gearbeitet. Deine Nummer ist einfach glänzend! Du bist ein ganz großer Künstler!«

Nico traute seinen Ohren nicht, als er das hörte. Aber Robertos Gesicht strahlte so viel ehrliche Bewunderung aus – er mußte wohl meinen, was er sagte. Noch immer wartete Nico. Es mußte doch noch etwas anderes kommen! Aber Roberto sagte nur: »Komm, wir gehen zusammen einen Kaffee trinken, ihr habt es verdient! Wir wollen miteinander ein Fest feiern.«

Nico griff nach seinen Turnschuhen und kauerte am Boden, um sie zuzubinden. Roby legte sich die Jacke über die Schultern. Sie warteten auf Nico.

Doch was war denn das? Warum erhob sich Nico nicht? Warum wurde er so geschüttelt? War es möglich, daß er weinte? Roby sah ihren Vater hilflos an. Da sah sie, wie sein

Blick so voll Liebe auf Nico ruhte, daß es einem durch und durch ging.

»Nun wird alles gut«, dachte sie und flüsterte Vater zu: »Ich gehe zu Lisa und bestelle Kaffee.« Dann rannte sie davon.

Roberto kniete sich neben Nico und fragte behutsam: »Nico, was hast du?« Lange kam keine Antwort, aber Roberto konnte warten.

Endlich brach es aus Nico heraus: »Nun glaube ich, was Roby sagte: Gott vergilt nicht, er vergibt.«

Roby mußte sehr lange warten, bis die beiden Männer zum Kaffee kamen. Nico brauchte Zeit, um seine Last vor Roberto hinzulegen. Und Roberto brauchte eine Weile, um Nico zu zeigen, wo diese Last hingehörte. Er mußte ihm zuerst den Heiland am Kreuz zeigen und ihm erklären, daß Jesus die ganze Strafe getragen hat.

Als Nico es fassen konnte, beteten sie miteinander. Auf dem Weg zurück ins Haus fragte er besorgt: »Aber du, Roberto, wie konntest du mir denn wirklich vergeben?«

»Ich brauche Vergebung genauso wie du. Es wäre schrecklich, wenn ich dir nicht vergeben könnte. Ich würde mich damit selbst von Gottes Vergebung ausschließen.« Das war Robertos Antwort. Als Nico das hörte, blieb er stehen und umarmte ihn.

Ja, das tat der kalte, harte Nico. Tante Elena wäre fast aus dem Fenster gefallen, als sie es sah. Sie hatte soeben nach den beiden Ausschau gehalten.

Im Treppenhaus hielt Nico Roberto nochmals zurück.

»Hör zu, Roberto, ich will auf Robys Mitarbeit verzichten. Ich möchte dir nie mehr weh tun.«

»Am besten lassen wir das Roby selbst entscheiden«, sagte Roberto. »Aber nicht mehr heute, es eilt nicht so.«

Endlich erschienen die beiden am Kaffeetisch. War das eine Gesellschaft, die da versammelt war! Eine zappelige Roby, die vor Freude fast platzte, und Roberto, ganz der alte, der mit seinen Späßen alle zum Lachen brachte, ein strahlender Nico, eine staunende Lisa, die ständig von einem zum andern schauen mußte, Tante Elena, die sich nur noch wunderte, und Stani, dem es einfach rundherum wohl war.

Nach dem Essen saßen sie noch lange beisammen. Da erzählte ihnen Roberto von den vielen Kranken in der Klinik, auch von dem jungen Mann, dem er versprochen habe, etwas Schönes mitzubringen.

»Was bringst du ihm mit, Vati?« fragte Roby neugierig.

»Ich habe mir gedacht, ich könnte ihm gerade dich mitbringen,« sagte Roberto mit schelmischem Zwinkern.

»Mich? Du machst ja nur Spaß! Was bringst du ihm denn wirklich?«

Roberto wurde nun ernst. »Ich habe tatsächlich an dich gedacht. Vielleicht hilft uns auch Nico. Wir könnten doch den Kranken einen schönen Nachmittag machen mit einer Zirkusvorstellung. Du und ich mit einer improvisierten Clownnummer. Vielleicht könnte Nico mit dir zusammen noch eine Akrobatiknummer auf die Beine stellen. Ihr seid zwar keine Bodenmenschen, ich weiß. Aber ausnahmsweise geht's vielleicht doch.«

»O Vati, das wäre fein! Machst du mit, Nico?« Roby war schon hell begeistert. »Gern!« willigte Nico ein.

»Stani, du kennst dich doch aus mit Boga, nicht?« Boga, den Roberto da erwähnte, war ein sprechender Papagei.

»Meinst du, das wäre etwas?« überlegte Stani. »Er hat übrigens einen neuen Satz gelernt. Jedesmal, wenn ich ihm über seine Krallen streiche, kräht er: 'Keine Sprechstunde, keine Sprechstunde!'« Roberto lachte. »Das ist ja gut! Wir lassen ihn den Doktor spielen und du bist der Patient. Was sagt er denn sonst noch?« – »Guten Tag, wie geht's? Bitte nicht rauchen! Keine Sprechstunde! Ich bin müde; hallo, wer da?« Stani krächzte diese Sätze wie Boga, alle mußten lachen.

»Das paßt gut!« freute sich Roberto. Nun begannen sie zu planen. Roby holte ihren Schirm, auf dem sie blasen konnte. Manchmal sprachen alle durcheinander. Sie beschlossen, auch die Akrobatenfamilie, die eine schöne Nummer mit bunten Reifen vorbereitete, um ihre Mithilfe zu bitten.

»Nun spreche ich am Telefon mit dem Chefarzt. Du, Roby, kannst eine schöne Einladung malen, die bringe ich morgen abend dem jungen Mann mit.« Damit erhob sich Roberto und ging ins Büro. Nico half Tante Elena, ein Bett für den Gast in Robys Zimmer zu stellen. Nico setzte sich darauf und schaute Roby zu, wie sie die Einladung malte.

Roberto kam herein und rief: »Es klappt! Wir dürfen am Mittwochnachmittag auftreten.« Er streckte sich auf Robys Bett aus. »Wie bin ich müde — und glücklich! Siehst du Nico«, meinte er nachdenklich, »wäre ich nicht krank geworden, hätte niemals alles so schön werden können.«

»Warum denn Vati?« fragte Roby erstaunt.

»Ich hätte dich niemals ans Trapez gelassen, und gerade das hat doch Gott gebraucht, um Nico bereit zu machen, ihn aufzunehmen. Stimmt's?«

»Ich glaube schon«, antwortete Nico. Roberto überlegte weiter: »Ich mußte eine Weile abtreten, damit ich Gott nicht im Wege stand. Er hat alles so gut geplant.«

Nico stand auf und sagte: »Jetzt verstehe ich auch den Spruch auf Robys Karte.« Fragend sah Roberto von einem zum andern. »Wir wissen aber, daß denen die Gott lieben, alle Dinge zum Besten dienen«, zitierte Roby. »Amen«, bekräftigte ihr Vater und bat: »Komm, Roby, lies uns noch deinen Psalm vor, ehe wir schlafen.«

Das tat sie gern. Als sie die letzten Verse las, »Er ruft mich an, so will ich ihn erhören, er begehrt mein, so will ich ihm aushelfen. Ich bin bei ihm in der Not, ich will ihn herausreißen und zu Ehren bringen, ich will ihn sättigen mit langem Leben und ihm zeigen mein Heil«, da sagte wieder jemand aus tiefstem Herzen: »Amen.« Diesmal war es Nico.

Was für ein herrliches Fest wurde an diesem Abend gefeiert! Ein Lob- und Dankfest in Robys kleinem Zimmer, als die drei zusammen auf ihre Knie gingen und dem Heiland dankten. Und ein großes Fest bei den Engeln im Himmel, weil ein verlorener Sohn zum Vater zurückgekehrt war.

16. Premiere

»Prrrogramm! Prrrogramm!« schnarrte der Verkäufer am Eingang zum Zirkuszelt. Es klang fast wie Boga, der sprechende Papagei. Heute wurden besonders viele Programmhefte verkauft, weil die erste Vorstellung der neuen Spielsaison bevorstand.

Zuschauer strömten unablässig durch die Eingänge und füllten das Zelt. Schon kletterte der Beleuchtungstechniker auf seine Plattform. Die Musiker stimmten ihre Instrumente. Nun erhob der Kapellmeister seinen Stab, und der Eröffnungsmarsch begann.

Bei den letzten Takten teilte sich der Vorhang des Artisteneinganges und Roberto trottete herein. Roberto, wie eh und je, in seinen großen Schuhen, mit der roten Perücke und den weiten Pluderhosen.

Er blieb stehen, blinzelte ins Licht und kratzte sich verlegen am Kopf.

Aber was war denn das für ein Schatten, der ihm gefolgt war? Ein Bär! Ein fast ausgewachsener Braunbär stand hinter Roberto und äffte ihn nach. Soeben hatte er sich auch am Kopf gekratzt. Alles lachte. Roberto beschattete seine Augen und schaute verdutzt ins Publikum. Dann grinste er breit, zog ein kleines, gelbes Taschentüchlein hervor und begann wie wild jemandem zuzuwinken. Hinter ihm machte der Bär jede Bewegung nach. Er zog sich das Tüchlein aus dem Ohr und winkte wie verrückt. Das Lachen der Zuschauer schien Roberto immer verlegener zu machen. Er meinte, an ihm sei etwas nicht in Ordnung. Er hob seine Perücke ab und setzte sie schräg wieder auf. Dann verbeugte er sich freundlich, während das Gelächter anschwoll. Da zog er seine Weste aus und verkehrt wieder an, schnallte seine

Hosenträger höher, und hinter ihm machte der Bär die gleichen Gesten.

Roberto kam nun so in Verlegenheit, daß er sich vor dem Publikum verstecken wollte. Er spannte seinen großen Schirm auf, hielt ihn vor sein Gesicht und rannte davon. Der Bär folgte ihm auf den Fersen.

Unverhofft drehte sich Roberto um, so plötzlich, daß er mit seiner Schirmspitze den Bären aufspießte. Der Clown fiel wie ein Sack zu Boden, als er sah, wen er da getroffen hatte. Ohnmächtig blieb er liegen. Zwei Zirkusdiener sprangen herbei und schleppten ihn hinaus.

Während die Musik einen Tusch spielte, kam Nico herein und versuchte, den zappelnden Bären von der Schirmspitze zu befreien. Er riß und zerrte daran, bis sich das Fell mehr und mehr öffnete. Schon konnte man etwas Weißes sehen und — wer sprang denn nun da heraus? Eine lachende Roby im enganliegenden Trikot einer Trapezkünstlerin! Sie streifte das Bärenfell ganz von sich, nahm, während Nico schon die Strickleiter hinaufkletterte, nochmals den Schirm zur Hand und blies darauf ihr Lied.

Das Publikum klatschte im Takt. Schon hatten Männer begonnen, ein Netz aufzuspannen, und während Roby auch nach oben kletterte, wurde es sorgfältig befestigt.

Ja, Roby hatte sich entschieden, mit Nico aufzutreten. Roberto hatte sich nicht dagegen gewehrt. Auf sein Bitten willigte Nico jedoch ein, das Sicherheitsnetz aufspannen zu lassen.

Die Beleuchtung wurde so eingestellt, daß man es kaum sah. Und als die beiden da oben in der Zirkuskuppel ihre Show begannen, vergaß man es völlig.

Sie ernteten riesigen Applaus. Nico trug Roby auf den Schultern hinaus, stellte sie draußen auf ihre Füße und umarmte sie in seiner Freude.

Gerade führte Stani die Pferde herbei. Schon lief drinnen eine Reiternummer. Roby war noch ein bißchen außer Atem. Roberto nahm sie bei der Hand und führte sie zum Garderobewagen. Einstweilen waren die Reiter dran, dann die Raubtiernummer, danach die Akrobaten. Erst dann mußte sie wieder bereit sein für einen Auftritt mit Roberto. So hatte sie noch etwas Zeit zum Ausruhen.

Dabei dachte sie an ihre Vorstellung in der Klinik zurück. Das war ein Riesenerfolg gewesen. Die Sache mit dem Papagei war so lustig, daß sie nun ein fester Bestandteil ihrer Clownnummer im Zirkusprogramm war.

Die Garderobefrau war gerade dabei, Roby zu schminken, als es an die Türe klopfte. Jemand gab Blumen für Roby ab. Eine Karte war dabei, eine schöne bemalte Karte mit einem Bibelvers. Oh, Roby wußte sofort, woher sie stammte. Sie las: »Ps. 121, 7: Der Herr behüte deinen Ausgang und Eingang von nun an bis in Ewigkeit. Liebe Roby, du warst wunderbar, wir gratulieren dir. Mit herzlichen Grüßen, Familie Hollinger.«

Zur großen Verwunderung der Garderobenfrau faltete Roby plötzlich die Hände und sprach: »O Gott, wie bist du wunderbar!« Mehr konnte sie nicht sagen, weil der Lippenstift ihren Mund bearbeitete.

Sehr spät war die Vorstellung zu Ende. Ein Glanzprogramm, so sagten viele Leute. Roby war sehr müde, aber glücklich. Sie rief im Vorbeigehen Nico eine »Gute Nacht« zu. Er winkte lachend zurück. Wie sehr hatte er sich doch verändert!

Roby freute sich so, daß auch Lisa, die gute, liebe Lisa auf Sommertournee mitgekommen war. Wer weiß, vielleicht blieb sie sogar für immer. Nico steckte nämlich auffällig oft in der Küche. Roby hatte da ihre Vermutungen, aber man mußte Geduld haben und abwarten. Eine

Hochzeit als Abschluß der Spielsaison wäre doch etwas Schönes!

Und noch etwas Herrliches sah Roby kommen: Die Jesusfamilie im Zirkus würde wohl bald ein neues Glied bekommen. Lisa hatte kürzlich zu Roby gesagt: »Wenn es wahr ist, daß Gott in der Bibel spricht, muß ich wohl auch eine haben.«

»O ja, Lisa«, hatte Roby geantwortet, »sag es nur Nico, er besorgt dir sicher eine.« Lisa hatte ruhig weitergearbeitet und dann gemeint: »Er spricht aber nicht nur in der Bibel.«

Erstaunt fragte Roby: »Wieso?«

»Er spricht zu mir, wenn ich euch ansehe«, gab Lisa zurück. Roby strahlte. »Das kommt davon, weil er in uns ist.« Lisa nickte und nahm den Kessel, um Wasser zu holen. So war Lisa. Sie sagte nie viel auf einmal. Sie brauchte Zeit. Aber Roby hatte im vergangenen Winter gelernt, geduldig zu sein und zu warten. Sie wußte jetzt auch, daß Gott mächtig genug ist, die Menschen ans Ziel zu bringen.

So begann die neue Spielzeit für Roby. Sie hatte viel Grund zum Danken. Ihr Herz war so voll davon, daß sie nicht einschlafen konnte, bevor sie ihren Dank zu Gott gebracht hatte. Sie dankte für ihre Freunde, für ihren guten Auftritt, für das freundliche Publikum. Sie dankte für Gottes Bewahrung, für den Schirm des Höchsten, der allezeit über ihr blieb. Sie dankte für Jesus und für ihre Bibel, durch die sie ihm immer näher kam. Sie dankte für Nico, ihren neuen großen Bruder und auch für die Schwester, die sie bald bekommen würde. Sie dankte dafür, daß Gott ihren lieben Vater von der schädlichen Pestilenz errettet hatte. Sie dankte und dankte und schlief schließlich ein.

Als Roberto in den Wagen kam, fand er sie tief schlafend vor. Lange betrachtete er sein Kind, dann begann auch er zu beten. Es stieg in ihm eine große Dankbarkeit gegenüber dem himmlischen Vater auf. Ihm war, als würde Gottes Gegenwart den Wohnwagen und die Nacht um sie herum erleuchten.

Robys Psalm

1 Wer unter dem Schirm
  des Höchsten sitzt
  und unter dem Schatten
  des Allmächtigen bleibt,
2 der spricht zu dem Herrn:
  Meine Zuversicht und meine Burg,
  mein Gott, auf den ich hoffe.
3 Denn er errettet dich
  vom Strick des Jägers
  und von der schädlichen Pestilenz.
4 Er wird dich
  mit seinen Fittichen decken,
  und Zuflucht wirst du haben
  unter seinen Flügeln.
  Seine Wahrheit ist Schirm und Schild,
5 daß du nicht erschrecken mußt
  vor dem Grauen der Nacht,
  vor den Pfeilen,
  die des Tages fliegen,
6 vor der Pest,
  die im Finstern schleicht,
  vor der Seuche,
  die im Mittag Verderben bringt.
7 Wenn auch tausend fallen
  zu deiner Seite
  und zehntausend zu deiner Rechten,
  so wird es doch dich nicht treffen.

8 Ja, du wirst mit eigenen Augen
sehen und schauen,
wie den Gottlosen vergolten wird.
9 Denn der Herr ist deine Zuversicht,
der Höchste ist deine Zuflucht.
10 Es wird dir kein Übel begegnen,
und keine Plage
wird sich deinem Hause nahen.
11 Denn er hat seinen Engeln befohlen,
daß sie dich behüten
auf allen deinen Wegen,
12 daß sie dich auf den Händen tragen
und du deinen Fuß
nicht an einen Stein stoßest.
13 Über Löwen und Ottern
wirst du gehen
und junge Löwen und Drachen
niedertreten.
14 »Er liebt mich,
darum will ich ihn erretten;
er kennt meinen Namen,
darum will ich ihn schützen.
15 Er ruft mich an,
darum will ich ihn erhören;
ich bin bei ihm in der Not,
ich will ihn herausreißen
und zu Ehren bringen.
16 Ich will ihn sättigen mit langem Leben
und will ihm zeigen mein Heil.«

Lied zu Robys Psalm

© Bibellesebund Winterthur

Weitere Kinderbücher aus unserem Verlag:

Lucys Entdeckungen von Patricia St.John
125 Seiten, 10 Zeichnungen
Lucy lebt bei ihren Großeltern – aber warum? Sie muß es unbedingt herausfinden! Wird es ihr trotz aller Widerstände gelingen? In ihren Ferien in Spanien erlebt sie Schönes und Trauriges und lernt einen ›amigo‹ – Jesus – kennen.
Ab 9 Jahre.

Wo der Fluß beginnt von Patricia St.John
136 Seiten, 10 Zeichnungen
Nachdem Francis einer Bande angehört hatte, um zu beweisen, daß er auch etwas »leisten« kann, geht er auf eigene Faust die Quelle des Flußes suchen. Zu Hause will ihn ja keiner . . .
Ab 9 Jahre.

Der Schrecken von Longfield von Jennifer Rees
128 Seiten, 10 Zeichnungen
Jack stiftet Unruhe in dem kleinen Dorf und bringt seine ungewöhnliche Pflegefamilie in Verlegenheit.
Ab 10 Jahre.

Alles wegen Smokey von David Lewis
120 Seiten, 13 Zeichnungen
Andy, Simon und Beth versuchen Smokey, das blinde Pony, zu retten und bringen ihr eigenes Leben in Gefahr.
Ab 8 Jahre.

Die BLB-minireihe – spannende Lektüre für Jungen und Mädchen!
Ab ca. 9 Jahre, 96 – 128 Seiten
Verschiedene Titel; die Reihe wird fortgesetzt.

Fordere bitte unser Gesamtverzeichnis an!

DER BIBELLESEBUND ist eine internationale, überkonfessionelle Organisation. Sein Ziel ist es, durch seine Literatur und seine Veranstaltungen das tägliche, fortlaufende Lesen der Bibel zu fördern und Menschen mit Jesus Christus in Verbindung zu bringen.

Als Hilfe für das persönliche Bibellesen gibt der Bibellesebund folgende Zeitschriften und Broschüren heraus:

Gott spricht mit mir – ich spreche mit ihm
Eine Anleitung für Kinder ab ca. 4 Jahre, 45 Seiten, farbig illustriert

Erste Schritte mit der Bibel
4 Bibelesehefte mit je 91 Erklärungen (3 Monate) für Kinder ab ca. 7 Jahre, je 96 Seiten, farbig illustriert

Guter Start
Vierteljährlich erscheinender Bibelleseplan mit Erklärungen für Kinder ab ca. 9 Jahre, mit Illustrationen, Rätseln, Fragen zum Beantworten, Liedern und Bastelvorschlägen

Geradeaus
Vierteljährlich erscheinender Bibelleseplan mit Erklärungen für Teenager ab ca. 13 Jahre, mit Illustrationen, Fotos und Comics, Fragen, Gebeten, Liedern und Rätseln

Profil
Vierteljährlich erscheinender Bibelleseplan mit Erklärungen für junge Erwachsene ab ca. 17 Jahre, mit Illustrationen, Denkanstößen und Fragen zum weiteren Studium

Orientierung (auch in Großdruck erhältlich)
Vierteljährlich erscheinender Bibelleseplan mit Erklärungen für Erwachsene, mit Büchertips und Berichten aus der weltweiten Arbeit des Bibellesebundes.

Anschriften des Bibellesebundes:

Schweiz	Römerstraße 151, 8404 Winterthur
Deutschland	Postfach 1129, 5277 Marienheide 1
Österreich	Postfach 237, 5021 Salzburg